우물에서

하늘 보기

우물에서 하늘 보기

2015년 11월 16일 초판 1쇄 펴냄
2022년  8월 25일 초판 6쇄 펴냄

**펴낸곳**  (주)도서출판 **삼인**

**지은이** 황현산
**펴낸이** 신길순

**등록** 1996.9.16 제25100-2012-000046호
**주소** 03716 서울시 서대문구 성산로 312 북산빌딩 1층
**전화** (02) 322-1845
**팩스** (02) 322-1846
**전자우편** saminbooks@naver.com

**제판** 문형사
**인쇄** 수이북스
**제책** 은정제책

ISBN 978-89-6436-102-3  03810

값 13,000원

황현산의 시 이야기

우물에서

하늘 보기

삼인

차 례

# 시적인 것, 극단적인 것

시인들은 가끔 시로 시론을 쓴다. 시가 늘 손가락 사이로 바람처럼 빠져나가 붙잡을 수 없는 신기루라느니, 시 쓰기는 시인이 쓰러지기 전에 비명을 지르는 결투나 다름없다느니 하는 식의 엄살 섞인 한탄의 말이 많지만, 시가 장난에 불과한 것처럼 말하는 시인도 없지 않다. 레몽 크노는 "말을 좋아하기만 하면 시를 쓸 수 있다"고 했다. 말을 잘 골라서 잘 배열하면 족히 시 한 편이 된다는 것이다. 그렇게 말을 배열하는 시인은 제가 무슨 말을 하는지 모를 때도 있다. 그래서 시에 제목을 붙이려면 시를 다시 읽어봐야 한다. 시는 장난이나 다름없다. 그런데 이상하게도, 이렇게 시를 쓰면서 어떨 때는 울기도 하고 웃기도 한다. "시에는 한 편 한 편마다 무언지 모를 극단적인 것이 있다"는 말로 시인은 시를 끝맺는다.

시를 쓰거나 읽는 사람들에게 "무언지 모를 극단적인 것"이란 말은 빈말로 들리지 않는다. 시는 늘 우리에게 이 세상의 시간이 아닌 것 같은 다른 시간을 경험하게 한다. 시를 쓰게 하는 힘도 읽게 하는 힘도 거기서 비롯한다. 나는 오랫동안 시를 비평해오면서 무언지 모를 이 극단적인 것에 관해 되풀이해서 생각했다. 그것을 '시적인 무엇'이라고 단순하게 뭉뚱그려 부르면서 마음이 어떻게 시적 상태에 이르는지 설명하려고 애썼다. 사람들은 저마다 제 심정이 한 자락 노래를 타고 날아오르듯 약동하고, 삶의 어떤 매듭이 물결처럼 밀려드는 몽환에 휩쓸리고, 정신이 문득 소스라치면서 또 하나의 새로운 각성에 이르던 순간들을 기억할 것이다. 내가 '시적인 무엇'이라고 부르는 것은 바로 그 순간의 동력과 연결된 모든 것들을 말한다. 그 동력은 정신이 집중된 시간에도 나타나고 심신이 풀려 자유로워진 시간에도 솟아올라 내 존재가 세상에서 가장 하찮은 것은 아님을 알려주곤 한다.

여기 실린 스물일곱 편의 길지 않은 글들은 지난 2014년 한 해 동안 《한국일보》에 '황현산의 우물에서 하늘 보기'라는 제목으로 실렸던 시화詩話들이다. 시에 관해 말하기 시작하면 인간의 삶에 대해, 그 말에 대해 까다로운 언설들을 지루하게 늘어놓기 마련인데, 그게 신문의 칼럼으로 적당할지 늘 염려했지만 다행히 독자들의 호응이 있었다. 사람들이 시에서 그렇게 멀리는 떠나지 않았고, 시가 또한 인간사의 우여곡절에서 영영

달아나지 않았음을 독자들과 함께 확인한 셈이다.

　무엇보다도 시가 꼬투리를 만들어준 이야기들이 우리 사회의 크고 작은 사안들과 만날 수 있었다는 점은 적지 않은 소득이었다. 아! 그러나 불행하게도 이 시화가 연재되는 동안 한국 사회는 거대한 비극을 목도했다. 벌건 대낮에 4백여 생령들이 우리의 눈앞에서 물속으로 잠겨들었다. 놀라고 애통해서 사람들이 반쯤 혼을 잃어버리게 된 이 비극은 이 나라의 총체적인 무능을 그대로 드러낸 것이었기에, 다가오는 시간에 무한 반복될 비극이기도 하다. 나는 그 원혼들을 위해 만사를 썼지만 그 역시 무능하기 짝이 없었다.

　이 시화집의 구성은 시화 하나하나가 애초에 발표되었던 차례를 그대로 따랐다. 그 내용은 시작詩作의 연대기와 전혀 무관하고, 글이 다루고 있는 시들은 주제도 방법도 서로 다르며, 밀도와 순화의 정도에서도 고르지 않다. 그래서 전체적으로 가닥도 일관성도 찾기 어렵다. 그럼에도 거기에 어떤 통일이 있다고 한다면 그것은 우리를 웃게도 울게도 만드는 저 극단적인 어떤 것이다. 거대한 산의 기슭 여기저기서 그 산을 관통해 구멍을 뚫는 사람들이 마침내 그 중앙에서 만나듯, 서로 다른 정신과 서로 다른 얼굴을 지닌 시들은 저마다 스스로 지닌 시적인 것의 극단에서 서로 만난다. 극단이 흩어짐의 변두리가 아니라 만남의 중앙이라는 사실이 또한 시의 기적이기도 할 것이다.

이 시화들을 위해 짧지 않은 기간 동안 지면을 내어주신 《한국일보》 문화부의 여러 분들과 박선영 기자에게 감사한다. 글을 연재하는 동안 늘 비평의 말을 아끼지 않았던 김정환 시인에게 감사한다. 출판을 맡아주신 삼인출판사의 홍승권 부사장, 김종진 편집장에게 감사한다. 편집본을 읽고 귀중한 조언을 해주신 조재룡 교수에게 감사한다. 우정에는 우리가 사막을 헤맬 때도 '바위에서 샘물 솟고 모래땅에서 꽃피게 하는' 극단적인 어떤 것이 있다.

2015년 입동 정릉 서재에서

황현산

01

이육사의 「광야」를 읽는다

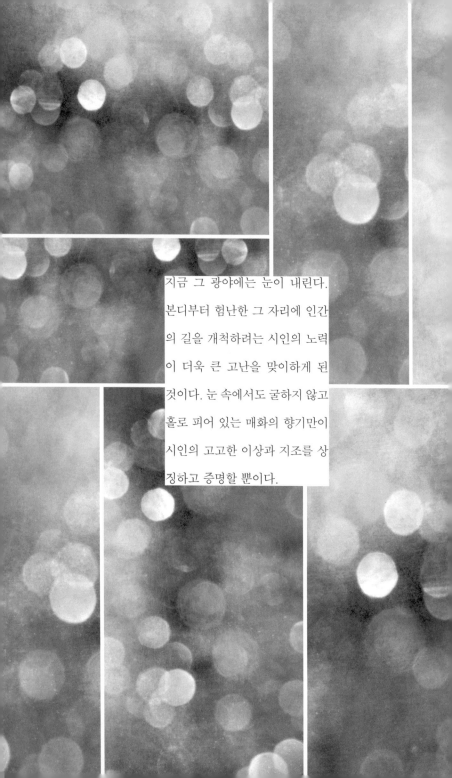

지금 그 광야에는 눈이 내린다. 본디부터 험난한 그 자리에 인간의 길을 개척하려는 시인의 노력이 더욱 큰 고난을 맞이하게 된 것이다. 눈 속에서도 굴하지 않고 홀로 피어 있는 매화의 향기만이 시인의 고고한 이상과 지조를 상징하고 증명할 뿐이다.

육사 선생은 그의 나이 40세가 되던 1942년 여름 일제의 경찰대와 헌병대에 붙들려, 1년 6개월 후 주검으로 나오게 될 북경의 감방에 갇혔다. 「광야」는 그가 북경으로 압송되던 기차간에서 구상한 작품으로 알려져 있다. 선생은 이 시를 통해, 민족의 가장 처절한 고난이 자신의 한 몸을 꿰뚫던 그 시간을 민족이 자랑해야 할 가장 거룩한 시간으로 바꾸었다.

「광야」는 민족서정시라고 불려 마땅하다. 이 3구 5연의 길지 않은 시에는 수난에 든 정신들의 한 첨단이 품었던 굳건한 의지와 순결한 희원이 절실한 어조로 담겨 있다. 기개와 이상을 드러내는 말의 질서에는 빈틈이 없고 그림은 선연하며 음악은 비장하여 그 아름다움이 숭고함에 이른다.

당연하게도 이 시는 중고등학교 국어 교과서에 거의 빠짐없이 실려 왔고 그래서 일정한 교육을 이수한 한국인 누구에게도 낯설지 않다. 그러나 낯익은 시가 항상 잘 이해되는 시인 것은 아니다. 「광야」는 난해시라고까지 말하기는 어렵지만, 쉬운 시라고 하더라도 시에는 그 장르의 특성에 따라 압축과 생략이 있고, 하나의 현실을 심화하고 확장하여 또 하나의 현실로 들어올리기 위한 층층의 비유체계가 있다. 「광야」처럼 우리의 역사적 현실과 밀착해 장려한 리듬을 지닌 시는 이해보다 먼저 감정적 동조가 앞서기에, 시에 담긴 복잡한 생각은 뒷전으로 미뤄지기가 쉽다. 게다가 이 시는 아직도 완전히 끝나지 않은 논란 때문에 그 생각을 여러 갈래로 벌려놓게 한다. 그 논란을 말하기 전에 우선 시의 전문을 현대의 맞춤법과 띄어쓰기에 맞게 소개한다.


까마득한 날에
하늘이 처음 열리고
어데 닭 우는 소리 들렸으랴

모든 산맥들이
바다를 연모해 휘달릴 때도
차마 이곳을 범하든 못하였으리라

끊임없는 광음을
부지런한 계절이 피어선 지고
큰 강물이 비로소 길을 열었다

지금 눈 내리고
매화 향기 홀로 아득하니
내 여기 가난한 노래의 씨를 뿌려라

다시 천고의 뒤에

백마 타고 오는 초인이 있어

이 광야에서 목 놓아 부르게 하리라


　시는 하늘과 땅이 처음 열리던 그 장엄한 순간을 상상하는
것으로 시작된다. 핍박받는 조선의 역사라고 해서 하늘 아래
땅이 생겨나 쉬지 않고 변화하는 역사와 무관할 수는 없다. 논
란은 세 번째 시구 "어데 닭 우는 소리 들렸으랴"에서 비롯한
다. 대체적으로 이 구절은 '들렸겠는가?'라는 수사적 의문으
로, 따라서 닭 울음소리를 부정하는 말로 파악되어 왔다. 그런
데 "들렸으랴"에 관해, 그것이 '들렸으리라'의 축약형이며 이
닭 울음소리가 "까마득한 날에 대한 상상을 더욱 어울리게 만
든다"는 김종길의 해석이 제시된 것은 1970년대 중반이었다.
　해석은 논자들 사이에 두 편으로 갈렸지만 한쪽이 다른 한쪽
을 설복하지 못했다. 부사 "어데"도 어느 쪽의 손을 결정적으
로 들어주지는 않는다. 닭이 울었을 것이란 해석에서는 '어디
선가'라는 단순한 뜻을 지니지만, 반대편의 의견에서는 이런
종류의 수사적 질문에 적합한 부정의 부사가 된다. 마침내는
'어디서 닭 울음소리가 들렸겠는가. 바로 조선이 아니겠느냐'
는 식의 적지 않게 편협한 해석이 등장하기도 했다.
　"닭 우는 소리"에 대해서도 두 주장이 자기편에 유리하도록
각기 다른 성격을 부여해 입론의 근거로 삼았음은 당연하다.
닭 울음소리를 부정하는 논자들에게 닭은 단지 가금일 뿐이어

서, 시의 첫 연은 인간의 역사가 아직 시작되지 않았을 저 개벽의 시간과 관련하여 닭 울음소리도 들리지 않는 정적 그대로의 광야를 나타낸다. 반면에 이 광야에서 닭 울음소리를 듣는 쪽에서는 가금류로서의 닭보다는 하루의 새벽을 알려 위대한 한 시대의 개막을 선도하는 울음소리, 이른바 설화적 전통의 계명성鷄鳴聲에 역점을 둔다.

나는 오래 전에 '천지개벽의 순간에 닭이 울지 않았어야 옳다'는 점에 대해 글을 한 편 쓴 적이 있는데, 그 닭 울음소리의 없음이 시의 핵심 주제와 긴밀하게 연결되어 있음을 강조하지 못한 것이 내내 아쉬웠다. 내가 썼던 글의 골자를 다시 상기하면서 이제 그 일을 하려 한다.

무엇보다도 "광야"는 접근이 금지되었거나 개척하기 어려운 땅이라는 특징이 있다. 산맥도 그 땅을 "차마 범하든" 못했다. "바다를 연모해" 한 번 휘달리는 것으로 자신들의 작업을 끝내고 제 위치를 결정해버린 산들은 그 광야에 길 닦기를 포기했을 뿐만 아니라 그곳을 터부의 땅으로 남겨두었다. 반면에 "큰 강물"은 피어선 지기를 그치지 않은 긴 세월의 도움을 받아 비로소 이 땅에 자신의 길을 낼 수 있었다. 그 세월이 "부지런"하다는 것은 물론 계절이 쉬지 않고 근면하게 이어졌다는 뜻이고, 그 기간 내내 강물의 노력 또한 그렇게 부단했다는 뜻이다.

지금 그 광야에는 눈이 내린다. 본디부터 험난한 그 자리에 인간의 길을 개척하려는 시인의 노력이 더욱 큰 고난을 맞이하게 된 것이다. 눈 속에서도 굴하지 않고 홀로 피어 있는 매화의 향기만이 시인의 고고한 이상과 지조를 상징하고 증명할 뿐이다. 이 매화 향기에는 어떤 아득한 높이가 있다. 이 고결함이자 아득함은 시인의 높은 이상이 실현되는 일의 아득함과 다른 것일 수 없다. 이상이 실천되기까지의 아득함 앞에서 시인이 배워야 할 것은 바로 저 큰 강물의 교훈이다. 그는 아득한 세월에 좌절할 것이 아니라 오히려 그 장구함에 희망을 걸어야 한다. 그래서 시인은 그의 "가난한 노래", 현재로서는 별다른 힘을 지닌 것도 아니고 합창해주는 사람도 얻기 어려운 "가난한 노래의 씨"를 뿌리기로 결심한다.

이 노래의 씨앗은 또다시 "부지런한 계절"을 따라 싹이 돋고 "피어선 지"기를 거듭한 뒤에 "백마 타고 오는 초인"을 맞이하기 위한 것이다. 그러나 이 초인은 어떤 비범한 개인이 아니다. 그것은 사람이라면 누구나 모름지기 그렇게 되어야 할 인간이며, 저마다의 자유의지로 행동하게 될 미래의 인류다. 이 "초인"이라는 표현에는 고난의 극한에서 노래 부르기를 선택한 자신의 의지에 대한 시인의 자부심과, 높은 정신적 경지를 확보할 미래의 인간에 대한 강렬한 기대가 겹쳐 있다. 이 새 시대의 새 인류는 지금 시인이 숨죽여 부르는 노래를 마음 놓고 "목 놓아 부르게" 될 것이다.

하지만 그 초인이 도래할 미래의 시간이 "천고의 뒤"인 것은 야릇하다. 천고는 '긴 세월'을 뜻하기도 하지만, 일반적으로는 '먼 옛날'을 의미한다. 천지개벽의 시간이야말로 그 먼 옛날이다. "다시 천고의 뒤"가 이 시의 눈이 되는 것은 바로 이 때문이다. 이 "천고"는 저 태고의 "까마득한 날"을 미래의 아득한 날과 연결시킨다. 그 까마득한 날에 하늘과 땅의 새벽이 있었다면 이제 아득한 날을 거쳐서 와야 할 것은 '인간의 새벽'이다. 인간은 저마다 자유인이 되어 제 새벽을 맞는다. 이 새로운 천고에, 아득한 미래의 새벽에, 초인이 목 놓아 부를 노래는 바로 그 인간 개벽의 '닭 울음소리'가 된다.

초인의 노래와 함께 다시 첫 연으로 돌아가면, 까마득한 날 하늘이 처음 열릴 때 어디선가 들렸으리라고 흔히 생각될 저 '하늘 닭의 울음소리'를 시인은 부정하고 있다. 천지가 개벽하는 순간, 하늘이 어떤 지고한 소리를 울려 자신을 진리 그 자체로 선포하고 신성한 뜻을 가르쳐 인간이 가야 할 길과 가지 말아야 할 길을 미리 정해놓은 것은 아니라고 시인은 생각하는 것이다. 따라서 시인이 천지개벽의 닭 울음소리를 부정할 때, 그것은 이른바 저 섭리의 목소리를 부정하는 것이다. 천지가 단지 그렇게 열렸을 뿐 어찌 지엄한 닭 울음소리 같은 것이 들렸겠느냐고 말하는 것이다. 인간은 제 운명을 제가 설계해야 하며, 제 노래를 스스로 만들어 불러야 한다. 하늘의 섭리가 아니라 인간의 역사와 진보를 믿는 육사陸史의 의지가 바로 이렇게 '땅의 역사'로 표현된다.

구성은 완벽하다. 시는 중층적 대립구도로 짜여 있다. 이 구도의 최소단위에서 제2연의 '산맥의 성급한 포기'가 제3연의 '강물의 끈질긴 도전'과 대립하고, 제4연의 '시인의 가난한 노래'가 제5연의 '초인의 당당한 노래'와 대립하며, 중간단위에서 '자연의 교훈'을 우의하는 제2·3연이 '인간의 실천'을 나타내는 제4·5연과 대립하며, 마지막 단계에서 첫 연의 '닭 울음소리가 없는 천지개벽'과 마지막 연의 '초인의 노래가 있는 인간개벽'이 대립한다. 이 대립구도는 닭 울음소리가 부정될 때만 보인다.

루쉰은 그의 단편소설 「고향」에서 수구주의자들이 움직일 수 없는 것으로 여기는 터부의 자리에 인간의 가치가 들어서기를 희망하며 다음과 같은 말로 그 끝을 맺었다.

"희망은 길과 같은 것이다. 처음부터 땅 위에 길이 있었던 것은 아니다. 사람들이 많이 다니다보면 길이 만들어진다."

선생은 1936년 루쉰이 타계했을 때, 그를 애도하여 추도문을 썼고 단편소설 「고향」을 번역하여 발표했다. 「광야」를 쓸 때, 육사는 소설의 저 마지막 구절을 당연히 기억하고 있었다.

그러나 나는 「광야」의 밑거름이 루쉰의 저 소설만은 아니라고 생각한다. 나는 선생이 프랑스 대혁명기의 수학자이자 정치가인 콩도르세의 유작 『인간 정신 진보의 역사도표 개요』를 비록 읽지는 않았어도, 그 내용을 개설한 글을 읽거나 강의를 들었을 것으로 믿는다. 이 책은 서구에서 19세기 내내 모든 진보사상의 기초였다.

낙관적 진보론의 신용이 떨어진 20세기의 초엽에도 열성적인 사회운동가들은 자신이 희구하는 미래의 모습을 이 책에서 발견하곤 했다. 콩도르세는 이 책에서 신의 섭리를 부정하고, 인간이 자연의 법칙에 따라 그 정신에 내재된 힘으로 무한히 진보할 것이라고 주장한다. 인간은 그 정신에 악덕과 정염이 담겨 있어 그 활동이 자주 빗나가지만, 이성의 개발과 자유의 증가를 통해 끝내는 완전성에 도달할 수 있는 존재라고 그는 확신했다. 그는 인간의 역사를 열 개의 단계로 나누었다. 원시의 부족에서 출발한 인간이 그 이성을 연마하여 프랑스 대혁명에 이른 역사를 아홉 단계로 설명하고, 마지막 열 번째 시대에 학문과 예술의 힘으로 인류가 끝없이 진보하여 완전한 인격을 갖게 될 가능성을 예언했다.

"천고의 뒤에" 인간은 누구나 초인이 된다. 「광야」는 『인간 정신 진보의 역사도표 개요』의 미학적 압축판과 같다. 육사가 조국의 광복이나 민족의 해방만을 염두에 두었다면 "천고"라는 말을 쓰지 않았을 것이다. 선생은 압박하는 사람도 압박받는 사람도 없는 세상에서 저마다 인격이 완성된 인간들이 제 자유를 "목 놓아" 구가하는 인류 전체의 미래를 생각했다. 우리가 이 생물학적 수명으로 그 미학적 유토피아를 누릴 수는 없다. 그러나 그 아름다운 세계의 저 "까마득한" 시간 뒤에서 지금 이 시간 나의 실천을 지시한다.

02

사치와 사보타주

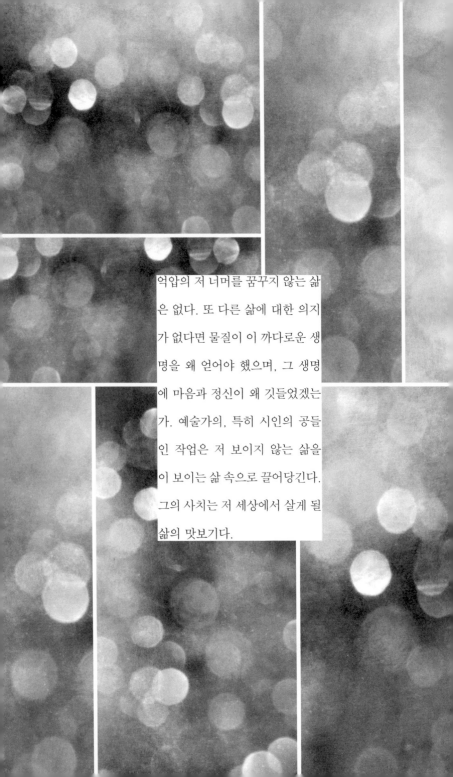

억압의 저 너머를 꿈꾸지 않는 삶은 없다. 또 다른 삶에 대한 의지가 없다면 물질이 이 까다로운 생명을 왜 얻어야 했으며, 그 생명에 마음과 정신이 왜 깃들었겠는가. 예술가의, 특히 시인의 공들인 작업은 저 보이지 않는 삶을 이 보이는 삶 속으로 끌어당긴다. 그의 사치는 저 세상에서 살게 될 삶의 맛보기다.

그게 누구의 어떤 소설이었을까. 40년도 더 전에 잡지에서 읽은 글이라 기억에 남는 것은 그 줄거리의 일부와 어떤 장면들뿐이다. 소설가의 친구인 어느 퇴폐 시인의 이야기. 유미주의자 시인은 세상의 어떤 윤리도 받아들이려 하지 않으며, 온갖 사회적 요청을 속된 것으로 치부한다. 자주 술에 취해 지내며 자신이 특별한 사람이라는 것을 과시라도 하려는 듯 늘 기행을 일삼는다.

그가 어느 날 몸 파는 여자를 끌고 교회에 들어가 신성모독 행위를 저지르고 있는데, 지나가는 행인이 보다 못해 그의 멱살을 잡고 뺨을 갈겼다. 그 사건 이후 시인은 성직자가 되기로 결심했다. 자기를 징벌한 행인에게서 신의 현신을 본 것이다.

아마도 이런 이야기였는데, 시인의 성벽을 묘사하는 내용 가운데 특별히 매혹적인 것이 하나 있었다. 자신이 경멸하는 친구들에게 이틀이 멀다 하고 신세를 지는 데다 일정한 거처가 없어 노숙을 하는 날도 드물지 않은 그가, 늘 최고급 원고지를 품에 안고 다녔다. 질 좋은 종이에 금박으로 테를 두르고 역시 금자로 제 이름을 박아 넣은 그 원고지를 두고 누가 타박이라고 할라치면 '이것이 바로 예술가의 긍지'라고 그는 대답하곤 했다.

스무 살 무렵 이 소설을 읽을 때 나를 사로잡은 것이 바로 이 원고지였다. 금박의 테두리까지는 아니더라도 내 이름자가 새겨진 원고지를 상상해보게 된 것이다. 어쩌면 그런 원고지에 글을 쓰기 위해 문학의 길에 들어선 것 같기도 하다. 그러나 이름자가 새겨진 원고지는 끝내 갖지 못했다. 원고지를 맞춘 적이 없는 것은 아니다. 대학원 시절 친구들과 함께 특별히 공들여 도안한 원고지를 인쇄소에 주문해 라면상자 한 개 분량을 내 몫으로 받았다. 그런데 삼분의 일도 쓰기 전에 컴퓨터 세상이 왔다.

이제는 원고지에 글을 쓰지 않는다. 이름이 알려진 문인들 가운데 특별한 의지와 고집을 지닌 몇 사람을 제외하면 펜으로 글을 쓰는 사람은 없다. 나처럼 글씨가 형편없는 사람에게는 잘 된 일이지만, 펜글씨가 지적인 연마의 흔적과 인품을 반영하던 지난날을 생각하면 애석한 마음이 없지 않다. 몇 년 전에는 문인들의 육필전이 열린다고 해서 가보았는데, 마치 '글씨를 못 쓰게 된 우리 역사 전시회'를 보는 것 같았다. 작고한 작가들은 글씨를 잘 썼고 생존 작가들은 서툴렀다. 원로 문인들의 글씨는 아름답고, 어떤 젊은 작가들의 글씨는 글씨라고 말하기도 민망했다.

문인들에게 서예가의 기량을 바랄 것은 물론 아니다. 누가 글씨를 잘 쓴다고 말하면 "내가 글씨를 잘 쓴다고요?" 되물을 것 같은 사람들의 숙련된 글씨는 몸의 감각과 일체를 이룬 깊은 지적 경지를 느끼게 하고, 쓰는 사람과 읽는 사람의 상상력에도 박자를 만든다. 저 소설 속 퇴폐파 시인도 그런 글씨가 맥

박을 치며 손가락 끝으로 쏟아져 나와 그 오만한 원고지 위에서 제 육체의 리듬과 천지자연의 리듬이 하나로 합해져 사치스럽고 게으른 낙원 하나가 이루어지기를 바랐을 것이다.

유미적이거나 퇴폐적인 예술이 아니더라도, 예술을 예술 되게 하는 기본 요소에서 사치는 큰 몫을 한다. 지극히 사실적인 그림에도 균형 잡힌 구도가 있고 색깔의 배합이 있다. 오페라의 가수들은 온갖 기량을 다 바쳐 가장 불편한 방법으로, 다시 말해서 가장 사치스런 방법으로 대사를 읊는다. 시를 쓰는 시인이 감정의 사치를 위한 것이 아니라면 운과 박자를 맞추기 위해 왜 그렇게 긴 시간을 낭비하겠는가. 시간과 노력이 모두 그에 합당한 대가를 얻어야 한다고 생각하는 사람들의 눈에, 시의 까다로운 운율 장치만큼 무용한 것은 저 노숙자 시인이 원고지에 두른 금박 테두리밖에 없을 것이다.

보들레르는 시 「여행에의 초대」에서 미학적 유토피아 하나를 구상하며 섬세한 정신이 누려야 할 것으로 질서와 아름다움, 고요와 순결한 쾌락을 꼽고 거기에 사치를 덧붙였다. 천지간에는 눈에 보이지 않는 어떤 유현한 기운이 있음을 질서와 아름다움이 알려준다. 고요는 그 기운을 관상할 수 있는 적절한 환경이며, 쾌락은 인간의 몸이 그 기운과 일치하는 데서 오는 행복감이다. 사치는 생명의 운명이 노역에서 시작하여 노역에서 끝나지 않는다는 것을 증명하려는 시위와 다르지 않다. 사람들은 흔히 일하기 위해 논다는 말을 한다. 그러나 우리는 오히려 놀기 위해서 일을 한다고 말할 권리가 있다.

이제는 다른 세상 사람이 된 이청준의 소설에는 아무짝에도 쓸모없는 일을 하는 데 인생을 소진하는 사람들이 자주 등장한다. 꿩을 잡을 가망도 없이 갖은 고생을 다해 매를 기르는 「매잡이」의 매잡이 노인이 그렇고, 줄에서 떨어져 승천할 때까지 줄을 타는 「줄광대」의 줄광대가 그렇다. 「선학동 나그네」의 소리꾼 일가 이야기는 더 처절하다. 늙은 소리꾼은 제 딸에게 산천이 감동할 소리를 얻어주기 위해 그 눈을 멀게 한다. 딸이 그 소리로 세상의 영예를 얻는 것도 아니다. 딸은 어느 날 어느 곳에서 노래를 불러 산을 학처럼 날게 하고 흔적도 없이 사라진다. 인생을 소진하기에 성공하는 그들은 자본주의 사회를 살아가는 예술가들의 뛰어난 알레고리다.

단지 소설 속의 인물들뿐일까. 개량한복을 입고 다니던 고향 후배가 생각난다. 예술가를 자처한 적은 없으나 이청준 소설 속 주인공들처럼 그 몸으로 예술가의 알레고리가 된 사람이다. 그는 젊어서 글을 쓰려고 하였으나 곧 작파했고, 요가 선생이 되었지만 그 일도 오래 가지 못했다.

나이 마흔을 넘기자 고향에 내려가 노모와 함께 된장을 담가 팔았다. 제법 성공했다는 소식이 들리는가 싶더니 그 일에 너무 열심인 것이 어쩐지 불안하다는 소식이 뒤이어 들려왔다. 재래종 콩의 종자를 구하기 위해 전라도 산간을 누비고, 이 마을 저 마을을 찾아다니며 장 담그는 방법을 물어 기록하고 있다는 것이다. 그 무렵 나는 그를 만나러 고향에 내려갔다. 무슨 충고를 할 계제가 아니었다. 전통 된장의 중요성에 대한 길고 열정적인 강의를 한 차례 듣고는 서울로 올라왔다. 그 노력 끝에 만든 된장은 맛이야 그저 그만한데 값이 높을 수밖에 없어 영 팔리지 않았다. 노모는 세상을 떠났고 그는 고향을 떠났다. 지금은 소식이 없다. 나는 그가 진정으로 원했던 것이 자신을 무용한 사람으로 만드는 일이었음을 나중에야 알았다. 그는 자신에게 맞지 않는 세상에 맞서 가장 과격하고 사치스런 사보타주를 했다.

　이 사보타주를 지지할 것 같은 짧은 시, 김종삼의 「북치는 소년」을 읽는다.


　　　내용 없는 아름다움처럼

　　　가난한 아이에게 온
　　　서양 나라에서 온
　　　아름다운 크리스마스카드처럼

　　　어린 양들의 등성이에 반짝이는
　　　진눈깨비처럼


　북치는 소년이 그렇게 북을 친다는 말일까. 김종삼을 흔히 미학주의자라고 부른다. 나는 이 시를 읽을 때마다 새삼스럽게 미학주의가 사실주의나 현실주의의 대척점에 있다는 주장을 거부하고 싶어진다. 내 친구에게서 들은 이야기가 있다. 친구는 대학에 다닐 때 어느 고아원에서 자원봉사를 했는데, 미국의 자선가들이 고아들에게 보내는 크리스마스카드의 몇 줄 사연을 우리말로 번역하는 일이었다. 대개는 판에 박은 내용이지만, 한 카드에는 이런 말이 들어 있더란다.

"선물을 보내고 싶지만 그게 네 손에 들어갈 것 같지 않아 그 대신 비싼 카드를 사서 보낸다."

그는 울기만 하고 이 말을 번역하지는 '않았다'고 했다. 아이가 누구보다도 먼저 알고 있을 현실의 가혹함을 또 다시 상기시켜 주고 싶지 않았고 자칫하다가는 그 카드마저 아이 손에 들어가지 못할 것 같았기 때문이다. 이중으로 내용 없는 카드를 받았을 그 불행한 아이에게 이 내용 없음보다 더 현실인 것이 어디 있었을까.

예술은 자주 그 무용한 사치와 그 과격한 사보타주로 현실의 억압을 비껴간다. 억압이 없는 삶은 물론 없다. 인간관계와 사회제도를 말하기 전에, 지극히 섬세한 물질이지만 여전히 물질인 우리의 육체가 우선 물질의 법칙에서 벗어날 수 없다. 저 고아원의 불행한 아이는 외국의 자선가가 한 해에 한 번 보내준 내용 없이 아름다운 카드로 살 수는 없었을 것이다. 그의 생명을 부지해준 것은 그의 선물을 가로채기도 했을 고아원 관리자들이 인색하게나마 제공해주던 밥과 옷과 잠자리였다. 그러나 억압의 저 너머를 꿈꾸지 않는 삶은 없다. 또 다른 삶에 대한 의지가 없다면 물질이 이 까다로운 생명을 왜 얻어야 했으며, 그 생명에 마음과 정신이 왜 깃들었겠는가. 예술가의, 특히 시인의 공들인 작업은 저 보이지 않는 삶을 이 보이는 삶 속으로 끌어당긴다. 그의 사치는 저 세상에서 살게 될 삶의 맛보기다. 그 괴팍하고 처절한 작업을 무용하게 만드는 것은 이 분주한 달음박질에서 한 걸음 비켜서서, 내가 왜 사는지 내가 어떻게 살고 있는지 묻기를 두려워하는 지쳐빠진 마음이다.

03

이곳의 삶과 다른 시간의 삶 ─ 작가 탄생의 서사

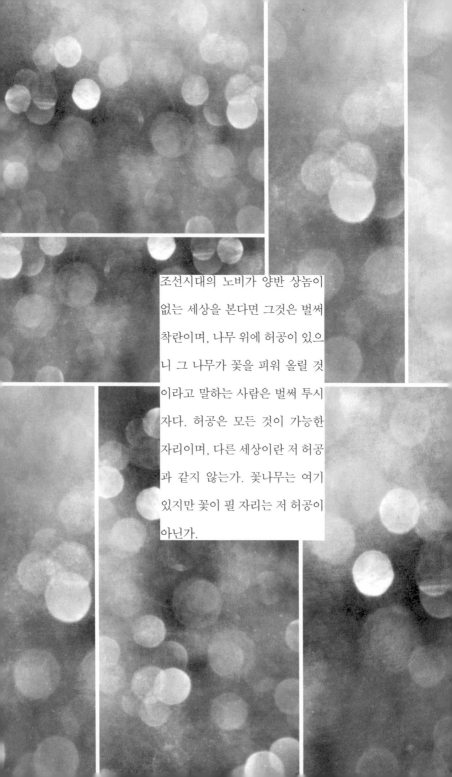

조선시대의 노비가 양반 상놈이 없는 세상을 본다면 그것은 벌써 착란이며, 나무 위에 허공이 있으니 그 나무가 꽃을 피워 올릴 것이라고 말하는 사람은 벌써 투시자다. 허공은 모든 것이 가능한 자리이며, 다른 세상이란 저 허공과 같지 않은가. 꽃나무는 여기 있지만 꽃이 필 자리는 저 허공이 아닌가.

배관공 조르그는 바닷가의 수백 채 방갈로를 관리해주는 대가로 방갈로 중 한 곳에서 혼자 밥을 해먹으며 그날그날을 살고 있다. 어느 날 열정적이고 맹랑한 아가씨 베티가 그를 찾아와 두 사람은 금방 격렬한 사랑에 빠진다.

언제나 그렇듯 삶은 순조롭지 않다. 베티는 방갈로 주인이 조르그의 노동력을 비열하게 착취하고 자신을 무례하게 대하는 데 분노해 수습하기 어려운 문제를 일으키고, 삶을 개선하려는 의지가 없는 조르그와도 싸움을 벌이던 끝에 그가 써놓은 원고 뭉치를 발견한다. 밤을 새워 그 글을 다 읽은 그녀는 조르그가 천재라고 확신한다. 그러고는 방갈로를 불태워버리고, 아니 차라리 살던 삶을 불태워버리고, 소심한 작가지망생의 등을 떠밀어 대도시로 탈출한다.

나는 지금 장 자크 베네 감독의 영화 〈베티 블루〉(1986)의 줄거리를 요약하고 있다. 베티 역을 맡았던 베아트리체 달의 광기 어린 연기로 국내에서도 반향이 컸던 이 영화는 개정판의 상영시간이 180분에 이른다. 장황하지만 이야기를 마저 하자.

도시로 나온 두 사람은 친구 부부의 식당에서 웨이터로 일하며 생계를 해결하지만, 베티가 원하는 삶은 조르그의 작가적 재능이 마땅히 빛을 본 다음에야 찾아올 것이다. 그러나 애써 타이핑해서 여러 출판사에 보낸 원고가 종무소식이거나 혹평과 함께 되돌아오자, 열정적인 그만큼 히스테릭한 베티는 출판사에 찾아가 끔찍한 사고를 저지른다.

두 남녀를 불안한 눈으로 바라보던 친구는 자기 어머니가 타계하면서 남겨놓은 작은 지방 도시의 피아노 판매점 관리 일을 조르그에게 맡긴다. 시골 생활은 나름대로 흥취가 있고 조르그는 피아노를 파는 데 재미를 붙이지만 베티가 진정으로 바라는 삶은 거기에 없다.

조르그가 소설 쓰기를 잊은 것처럼 보이자 베티는 임신이라도 해보려 하지만 실패한 후 깊은 우울증에 빠진다. 여자가 머리칼을 자르고 인사불성의 상태가 되자, 조르그는 그녀가 원했던 작가가 되기 위해 때마침 찾아온 흰 고양이 한 마리를 옆에 두고 소설을 쓰기 시작한다. 베티가 급기야 제 눈을 도려내고 병원의 침대에 묶일 즈음 조르그에게 책 출판이 결정되었다는 소식이 날아온다. 그는 병원에 잠입하여 베티를 질식시켜 다른 세상으로 보내고, 피아노 가게에서 혼자 밥을 해먹으며, 베티에게 말을 걸듯 고양이에게 말을 걸며, 조용히 소설을 쓴다. 그는 작가가 되었다.

이 충격적이고 슬픈 이야기에서, 조르그가 작가의 꿈을 끝내 접었더라면 그 뒤끝이 허망했을 것이다. 그러나 그가 마침내 작가가 되어 살아가기에 실제로는 그 슬픔이 더욱 크다. 그 삶을 가장 크게 열망했던 사람이 이미 세상에 없으니, 그는 아무런 소용도 없이 작가가 된 셈이다. 어쩌면 그의 삶에서 그 소용과 의미가 되어야 할 사람이 사라졌다고 하기보다, 세상의 삶

전체가 사라졌다고 해야 옳을 것이다. 하나가 없으면 모든 것이 없다는 말이 조르그의 경우보다 더 적절하게 맞아 떨어지는 예를 찾기는 어려울 것 같다. 그러나 조르그는 작가가 되었다. 그가 살던 삶이 불타버린 것은 벌써 옛날 아닌가. 그는 제 애인 베티의 열정을 타고 이 삶이 아닌 다른 삶을 향해 떠났으니, 작가가 되는 영광도 작가로 사는 행복도 이 세상의 영광이거나 이 세상의 행복일 수 없다. 베티가 그 영광과 행복을 함께 누릴 수 없는 이유가 거기 있기도 하다.

한 인간이 작가로 성장하는 이야기는 소설가의 수만큼 많다. 멀리는 괴테도 있고, 가까이는 밀란 쿤데라나 이청준도 있다. 좋은 시민이 될 수 없어 시인이 되는 이야기인 토마스 만의 「토니오 크뢰거」는 이상한 사회인으로서의 예술가에 대한 가장 깊은 성찰을 담고 있으며, 한 흑인 소년의 성장기를 통해 모욕 받는 자의 상상력이 곧 소설의 상상력임을 말하는 리처드 라이트의 『검둥이 소년』은 작가 성장의 서사와 저항의 서사를 겹쳐놓는다. 작가는 어떻게 작가가 되는가를 말하면서 작가가 된다.

작가가 된다는 것은 변호사가 된다는 것과 다르고 의사가 된다는 것과 다르다. 공부를 많이 해서 작가가 되는 것은 아니다. 작가는 글을 잘 써야 하지만 글을 잘 쓴다고 작가가 되는 것은 아니다. 작가는 문학과 인간에 대한 지식이 풍부해야 하지만 지식의 풍부함이 한 사람을 작가로 만들어주는 것은 아니다. 타고난 것일 수도 있고 훈련된 것일 수도 있는 어떤 특별한 능력이 필요하고, 그 능력이 발휘될 계기가 필요하다. 하기 쉬운 말로 흔히 미학적 재능이라고 부르는 이 능력은 둔중한 것에서 날카로운 것을 발견하고 단단한 것에서 무른 것을 발견하며 더 중요한 것과 덜 중요한 것의 질서를 바꾸는 힘이다.

어릴 적에 할아버지에게서 들은 이야기가 있다. 어느 소금장수가 자염煮鹽을 굽는 섬의 부두에서 육지로 팔러 갈 소금을 한 배 가득 싣고 있는데, 곁에서는 낯선 방물장수 노파가 바늘을 팔고 있었다. 문득 그 바늘에 끌린 그는 여러 쌈지를 사서 품 안에 넣었다. 그런데 타고 가던 배가 풍랑을 만나 돛이 부러지고, 소금장수는 목숨이라도 구하기 위해 소금을 모두 바다에 던졌다. 날이 개어 정신을 차려보니 배는 어느 낯선 땅에 닿아 있었다. 남은 것은 바늘밖에 없었지만, 그 땅에 무슨 변고가 있었는지 사람들이 그 바늘을 사기 위해 거금을 들고 몰려왔다. 소금을 팔았을 때보다 수십 배 많은 돈을 더 번 소금장수는 새 배를 사서 고향으로 돌아와 부자로 살았다.

소금장수는 예언자가 아니다. 그의 행운은 순전한 우연에서 빚어진 것이었다. 그는 계산하지 않았으며 뒷날을 예언하겠다는 생각 같은 것도 없었다. 다만 모든 인간이 고루 지녔을 아름다움에의 본능에 의해 특별할 것도 없는 바늘에 매혹되었다는 점이나, 배 하나에 가득 찬 소금보다 훨씬 더 귀중한 다른 세계의 감각으로 바늘을 보았다는 점은 염두에 둘 만하다. 비록 어쩌다 그렇게 된 것이긴 하지만, 그는 다른 사람들이 보지 못한 것을 본 것이다. 따라서 소년 시인 랭보 같은 사람이 그렇게도 열망하였던 '투시자'였다고 말할 수도 있다.

랭보는 열여섯 살이 되던 해에, 후세의 문학연구자들이 '투시자의 편지'라고 부르게 될 편지를 선배 시인 드므니에게 보내며 이렇게 말했다.

"내 말은 투시자여야 한다는 것이며, 투시자가 되어야 한다는 것입니다. 시인은 모든 감각의 길고 엄청나고 이치에 맞는 착란을 통해 투시자가 되는 것입니다."

모든 감각이 착란에 이른다는 것은 광인이 된다는 것과 같다. 그러나 투시자의 착란은 전면적이고 장기적인 것일 뿐만 아니라 이치에 맞아야 한다. 다시 말해서 자신의 심각한 광기를 자각하며 그 경험을 논리적인 말로 표현할 수 있어야 한다는 것인데, 그것을 착란이나 광증이라고 말할 수 있을까.

그래서 랭보가 말하는 '모든 감각의 착란'은 이 세상에 몸을 두고 살면서도 저 소금장수처럼 다른 세상의 감각을 확보해야 한다는 뜻으로 이해된다. 조선시대의 노비가 양반 상놈이 없는 세상을 본다면 그것은 벌써 착란이며, 나무 위에 허공이 있으니 그 나무가 꽃을 피워 올릴 것이라고 말하는 사람은 벌써 투시자다. 허공은 모든 것이 가능한 자리이며, 다른 세상이란 저 허공과 같지 않은가. 꽃나무는 여기 있지만 꽃이 필 자리는 저 허공이 아닌가.

김수영은 1967년 5월에 「꽃잎」이라는 제목으로 세 편의 시를 발표했다. 그가 세상을 떠나기 1년여 전의 작업이다. 「꽃잎(二)」를 읽는다.

꽃을 주세요 우리의 고뇌를 위해서
꽃을 주세요 뜻밖의 일을 위해서
꽃을 주세요 아까와는 다른 시간을 위해서

노란 꽃을 주세요 금이 간 꽃을
노란 꽃을 주세요 하얘져가는 꽃을
노란 꽃을 주세요 넓어져가는 소란을

노란 꽃을 받으세요 원수를 지우기 위해서
노란 꽃을 받으세요 우리가 아닌 것을 위해서
노란 꽃을 받으세요 거룩한 우연을 위해서
꽃을 찾기 전의 것을 잊어버리세요
꽃의 글자가 비뚤어지지 않게
꽃을 찾기 전의 것을 잊어버리세요
꽃의 소음이 바로 들어오게
꽃을 찾기 전의 것을 잊어버리세요
꽃의 글자가 다시 비뚤어지게

내 말을 믿으세요 노란 꽃을
못 보는 글자를 믿으세요 노란 꽃을
떨리는 글자를 믿으세요 노란 꽃을
영원히 떨리면서 빼먹은 모든 꽃잎을 믿으세요
보기 싫은 노란 꽃을

"꽃을 주세요"라는 말로 시인이 구하는 꽃은 우리가 이 세상에서 오래도록 끌어안아 온 긴 '고뇌'의 결실일 터다. 우리에게도 꽃나무에게도 꽃이 피기 전의 삶과 꽃이 핀 다음의 삶은 확연히 다르다. 꽃은 이렇게 이 삶의 시간이 아닌 다른 삶의 "다른 시간"으로 우리를 데려간다.

시인이 요청하는 꽃은 그래서 아직 우리에게 알려지지 않은 미지 세계의 삶이다. 꽃이 소란스럽게 개화하여 이루어질 그 삶에는 "원수"가 없으며, 따라서 착취도 억압도 증오도 없다. 그 미지의 복된 시간은 우리가 지녔던 고뇌의 결과지만 고뇌가 곧 꽃이 되는 것도 아니고 그 변혁의 시간을 계산할 수 있는 것도 아니기에 그 꽃의 개화는 "거룩한 우연"이다. 꽃이 피면 벌써 다른 세상이기에 아직은 "글자"로만, 다시 말해서 개념으로만 존재하는 이 꽃. 확연히 보이는 듯하지만, 그러나 떨리며 사라질 것 같은 이 글자의 꽃을 모든 방향에서 살핀다는 것은 얼마나 초조한 일인가. 이 삶을 불태워버리는 게 얼마나 "싫은" 일이며, 미지의 신비를 향해 우리의 생명 전체를 내던진다는 게 얼마나 위험한 일인가.

미학적 재능은 그 일을 감행하는 재능이다. 다시 저 영화 〈베티 블루〉로 돌아가면, 주인공 조르그는 제 삶을 불태워 파괴하고, 다른 삶을 열망하던 제 애인마저 죽이고, 더 정확하게 말해 이 삶에서는 행복과 제 열망마저 죽이고, 한 인간의 삶에서 작가의 삶으로 건너갔다. 한 사람이 작가로 성장한다는 것은 한 세상을 다른 세상으로 바꾼다는 의미인 것이다.

04

딴 나라에서 온 사람처럼

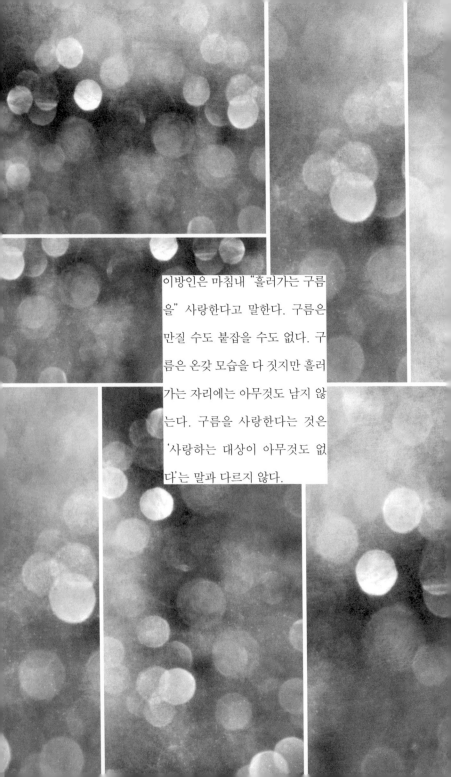

이방인은 마침내 "흘러가는 구름을" 사랑한다고 말한다. 구름은 만질 수도 붙잡을 수도 없다. 구름은 온갖 모습을 다 짓지만 흘러가는 자리에는 아무것도 남지 않는다. 구름을 사랑한다는 것은 '사랑하는 대상이 아무것도 없다'는 말과 다르지 않다.

세상에 대해서도 자기 자신에 대해서도 별 생각이 없이 살아가던 뫼르소는 햇볕 따갑게 내려쪼이던 어느 날, 알제리의 바닷가에서 공연한 싸움에 말려들어 어쩌다 지니고 있던 권총으로 아랍인 한 사람을 쏴 죽인다. 수사검사는 이 우발적인 살인을 의도적인 범죄로 만들기 위해 특별한 뜻이 없었던 뫼르소의 행동 하나하나에 온갖 해석과 논리를 들이댄다.

뫼르소는 검사와 변호사와 신부와 기자들과 배심원들로 대표되는 세상 전체가 자신을 특별한 사람으로 만들기 위해, 다시 말해서 극악무도한 패륜아로 만들기 위해 공모하고 있다는 사실을 알고 마침내 세상에 대해서 자기 자신에 대해서 생각하는 사람이 된다. 그는 진정한 의미에서 특별한 사람이 되어, 자기에게 선고된 사형의 집행을 기다린다.

뫼르소는 알베르 카뮈의 소설 『이방인』(1942)의 주인공이다. 소설에서 그 이방인에 해당하는 프랑스어 '에트랑제'는 보통 외국인을 뜻하지만, 제 나라에서도 딴 나라 사람처럼 사는 사람들이 실제로도 없지 않다. 그 습속과 제도를 제 것으로 받아들이지 못하고, 주변의 사정에서도 여러 걸음 물러서 있는 사람들. 카뮈가 뜻하던 '이방인'도 그런 사람들 가운데 하나다. 그런데 한국의 한 카뮈 전공자가 이 소설을 '이인'이라는 제목으로 번역했다. 주인공의 '비범한' 성격을 그 말이 가장 잘 드러낼 수 있다고 생각했을 것이다. 전문가와 토론하고 싶은 생각은 추호도 없지만, 나로서는 이 번역이 불편하다. 몸 붙이고 살던 동네 이름이 갑자기 바뀌어버린 것 같은 느낌도 느낌이려니와, '이방인'이라는 말로도 그 '비범함'을 충분히 드러낼 수 있다고 보기 때문이다. 옛 설화를 보면 하늘의 사자를 비롯한 비범한 존재들도 자주 먼 나라에서 온 나그네의 모습으로 인간 앞에 나타나지 않았던가.

그건 그렇고, '이방인'이라는 말을 한 작품의 제목으로 삼은 이는 카뮈가 처음이 아니었다. 보들레르는 카뮈가 '이방인'을 발표하기 80년 전에 산문시집을 준비하면서 첫 시에 바로 이 제목 「이방인」을 달았다.


자네는 누구를 가장 사랑하는가, 수수께끼 같은 사람아, 말해 보게. 아버지, 어머니, 누이, 형제?

— 내겐 아버지도, 어머니도, 누이도, 형제도 없어요.

— 친구들은?

— 당신은 이 날까지도 나에게 그 의미조차 미지로 남아 있는 말을 쓰시는군요.

— 조국은?

— 그게 어느 위도 아래 자리 잡고 있는지도 알지 못합니다.

— 미인은?

— 그야 기꺼이 사랑하겠지요, 불멸의 여신이라면.

— 황금은?

　— 당신이 신을 증오하듯 나는 황금을 증오합니다.

　— 그래! 그럼 자네는 대관절 무엇을 사랑하는가, 이 별난 이
방인아?

　— 구름을 사랑하지요…… 흘러가는 구름……　저기……
저……　신기한 구름을!


한 사람은 묻고 한 사람은 대답한다. 질문자는 누구라도 이
세상을 살아가려면 하나쯤은 의지해야 할 것들을 열거하며 상
대방의 의견을 묻는다. 그러나 대답은 늘 그의 기대를 벗어난
다. 질문자는 가족과 친구들에 이어 조국을 언급한다. 상대방
은 자기 조국이 "어느 위도 아래 자리 잡고 있는지도" 모른다
고 대답하는데, 자기에게 조국이란 태어난 땅이나 핏줄로 결정
되는 것이 아니란 뜻을 담고 있겠다. 그의 조국은 그가 바라는
어떤 것이 진정으로 실현되었거나 실현될 수 있는 땅이겠지만
그곳은 아직 알려지지 않았다. 질문자는 "미인"을 언급한다.
대답하는 사람이 기꺼이 사랑하겠다는 "불멸의 여신"은 아름
다움의 이상을 영원히 실현하는 존재일 터이니 인간의 여성으
로서는 가능한 일이 아니다. 그 대답은 세상의 여자들이 저 절
대적인 아름다움을 덧없고 허약하게 구현할뿐더러 배반까지
하고 있다고 비난하는 듯 들린다. 이방인은 질문자의 신에 대
한 증오를 자신의 황금에 대한 증오와 대등하게 다룬다. 그렇

다고 그가 종교에 특별한 가치를 두고 있는 것 같지는 않다. 신에 대한 질문자의 증오를 말하고 있을 뿐 신에 대한 자신의 사랑을 말하는 것은 아니기 때문이다. 중요한 한 가지는 질문자가 신으로 표현되는 다른 삶에의 희망을 증오하는 것과 마찬가지로, 이방인 또한 황금으로 표현되는 세상의 삶을 신뢰하지 않는다는 점이다. 세속의 모든 가치관이 사실상 돈에 지배되고 있는 정황은 이 이상야릇한 사람이 세속의 삶에 등을 돌리는 실제적인 원인일 수 있겠다.

이방인은 마침내 "흘러가는 구름을" 사랑한다고 말한다. 구름은 만질 수도 붙잡을 수도 없다. 구름은 온갖 모습을 다 짓지만 흘러가는 자리에는 아무것도 남지 않는다. 구름을 사랑한다는 것은 '사랑하는 대상이 아무것도 없다'는 말과 다르지 않다. 그러나 형용사 "신기한"은 이 구름에 특별한 품위를 주고 있다. 이 구름은 있는 것과 없는 것을, 이 세상과 이 세상 밖을 연통하는 전령으로 만들기에 충분하다.

더 중요한 것은 두 대화자의 대화 자체에 있다. 시에서 두 사람의 어조는 같지 않다. 질문하는 사람은 너나들이를 하지만, 이방인에 해당하는 다른 한 사람은 처음부터 끝까지 존대어를 쓸 뿐만 아니라 문어체에 가까운 말로 깍듯이 응수한다. 너나들이는 친근감을 나타내는 회유의 언어로 일정한 문화와 제도의 습속을 공유하는 사람들의 끈끈한 감정이 거기 서려 있다. 이방인의 정중한 문어체는 그 감정에 중립적일 뿐만 아니라 그 습속 자체에 완전히 무관심하기에 투명한 유리와도 같은 순수성을 지닌다. 문어체로 말한다는 것은 보편어법으로 말하는 것이고 구어체로 말한다는 것은 한 개인이나 집단의 특수어법으로 말하는 것이지만, 이렇듯 보편어법이 가장 특수한 사안을 말하는 때도 있다. 남들이 특수어법으로 말할 때 보편어법으로 말하고, 남들이 보편어법으로 말할 때 특수어법으로 말할 수 있는 것이 문학의 능력이자 권리이기도 하다.

우리에게 익숙한 표현을 빌린다면 저 이방인을 간첩이라고 불러야 할지 모르겠다. 버스 요금을 몰라도, 담배 값을 몰라도, 안방극장의 탤런트 이름을 몰라도 간첩이라고 부르던 시대를 우리는 참 오래 살아왔다. '우리가 남이가?'라는 말에 휩쓸려 자기 안에 자기라고 여겨야 할 것을 지니지 못하고 살아온 세월이 그렇게 길었다는 말이 되겠다. 그러나 고개만 한 번 돌리면 저 우람한 제도와 탄탄한 습속이, 그 깊은 감정의 유대가 벌거벗은 임금님의 허망한 비단옷에 불과하다는 것을 알게 될 때가 한두 번이 아니다. 어느 유치원의 입학식 날 교사가 아이들을 모아놓고 말했다.

"화장실에 가고 싶은 사람은 오른손을 드세요."

한 아이가 물었다.

"그러면 안 마려워요?"

아이는 이제 자기가 갈수록 까다롭고 복잡해질 한 제도에 첫걸음을 들여놓았다는 것을 알지 못했던 것이다. 아이의 질문에 어른들은 웃음을 터뜨렸을 것이다. 그러나 오줌이 마려울 때 곧바로 화장실로 가는 대신 오른손을 든다는 것이야 말로 코미

디가 아닌가. 우리는 물론 제도와 문화에 진지한 태도로 임하는 것이 마땅하다. 그러나 자신이 그토록 진지하게 붙들고 있는 일도 그 한 끝은 희극과 맞닿아 있다는 것을 아는 것이 의식의 자유를 연습하는 첫걸음일 것이다. 저 이방인의 구름이 신기한 것은, 그것이 이 세상 밖에 또 하나의 세상이 있다는 것을 알려주기 때문이다.

내 개인사에 해당하는 이야기 하나를 적겠다. 대학생 때니 야간 통금이 있던 시대다. 방학을 맞아 고향집에 내려가 있던 나는 무슨 일로 밤길을 걷다가 통금에 걸려 파출소에 끌려갔다. 세숫대야에 발을 담그고 있던 경찰이 대학생이냐고 묻고 무슨 과에 다니느냐고 물었다.

"불문과 학생입니다."

내 대답에 경찰이 호통을 쳤다.

"야 인마, 젊은 놈이 중이 되려고 대학을 다녀?"

불문과를 불교학과로 오해한 것이다. 그 오해를 풀어주고 싶은 생각은 없었다. 경찰은 호통은 그렇게 쳤어도 나를 예비 성직자 정도로 생각했던지 훈계도 하지 않고 풀어주었다. 집으로 오는 길에 나는 내가 세상의 이해를 얻기 힘든 일에 몸을 바치고 있다는 생각으로 가슴이 벅찼다. 나는 딴 나라에서 온 사람이었다. 고개를 들었지만 밤하늘이라 신기한 구름은 볼 수 없었다. 그날 밤 나는 꿈에 시를 한 편 썼다. 꿈속에서 걸작이라고 생각했는데, 아침에 일어나니 첫 구절밖에는 기억할 수 없었다.

모기를 씹으니 타관사람 피 냄새가 난다.

내 곁으로 이방인이 지나갔고 모기가 그 피를 빨았었나 보다.

05

갱피 훑는 여자의 노래

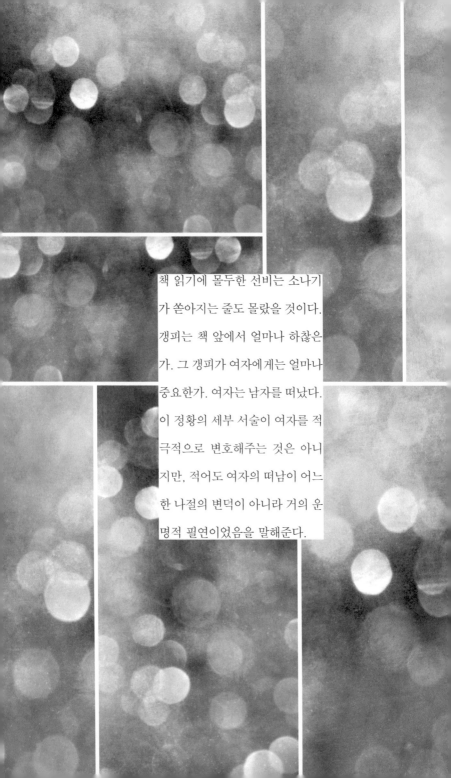

책 읽기에 몰두한 선비는 소나기
가 쏟아지는 줄도 몰랐을 것이다.
갱피는 책 앞에서 얼마나 하찮은
가. 그 갱피가 여자에게는 얼마나
중요한가. 여자는 남자를 떠났다.
이 정황의 세부 서술이 여자를 적
극적으로 변호해주는 것은 아니
지만, 적어도 여자의 떠남이 어느
한 나절의 변덕이 아니라 거의 운
명적 필연이었음을 말해준다.

상주 함창 공갈못에 연밥 따는 저 처자야,

연밥 줄밥 내 따줄게 우리 부모 모셔다오.


이렇게 시작하는 옛날 노래가 있다. 첫 대목은 구애의 노래
로 시작하지만 곧바로 농부가 비슷한 노동요로 바뀌는 것이 흥
미롭다. 사랑의 단꿈이 노동의 채근을 이겨내지 못한다고 해야
할까. 연애와 노동을 한 결로 끌어안는 노래의 관대한 오지랖
을 말해야 할까. 이 노래와 엇비슷한 또 다른 노래가 있다.


진개맹갱 오야미들에 갱피 훑는 저 여자야,

갱피 진피 그만 훑고 이 내 얼굴 바라보소.


말하는 품은 얼추 비슷하나 뒤의 노래에는 비극적인 이야기
하나가 따라붙어 있다. "진개맹갱"은 김제 만경이요 "오야미
들"은 수많은 논이 한 배미처럼 펼쳐져 있는 들이니 이는 곧 호
남평야를 일컫는 말이다.

지금은 잡초일 뿐인 피를 옛날에는 논에 심기도 했다. 피는
척박한 땅에서도 잘 자라고 가뭄에도 잘 견디니 구황작물로 한
몫을 했다. 갱피는 심지 않아도 논두렁이나 개울가에서 자라는
피, 곧 야생 피를 말한다. 갱피에 알곡이 많을 수 없다. 비극적

인 이야기도 거기서 시작한다.

어느 고을에 과거를 준비하는 선비가 있었다. 선비는 글공부에 열심이었으나 삽 하나 꽂을 땅이 없이 가난해서 아내가 들에서 훑어오는 갱피로 연명하고 살았다. 아내는 부지런했으나 앞길이 캄캄하고 가난을 더 이상 견딜 수 없어 선비를 버리고 다른 남자에게 개가했다. 그러나 그 남자도 곧 세상을 떠났고 가난은 여자를 놓아주지 않았다. 선비는 온갖 역경을 헤치고 공부에 몰두하여 마침내 과거에 급제했다. 그가 옛날 살던 고을의 원이 되어 삼현육각을 잡히고 말 위에 올라 호남평야를 지나는데, 한 여자가 갱피를 훑고 있다. 자기를 버리고 떠났던 아내가 분명하다. 선비가 저 노랫말로 말을 거니 여자가 고개를 들었다. 큰 관을 쓰고 신수가 전과 달리 훤하다 한들 어찌 알아보지 못하겠는가.

"갱피 훑기 마다더니 가는 죽죽 갱피 훑네."

선비는 야유하였으나 여자는 종살이를 하더라도 그를 따라가겠다고 했다. 남자는 여자에게 바구니에 담긴 갱피를 개울의 진창에 쏟고 그것을 다시 한 톨 남김없이 주워 담으라고 했다. 물론 그럴 수 없는 일이다.

"한 번 잃은 절개를 다시 되돌릴 수는 없다."

남자는 냉정하게 말하고 떠났다. 여자는 그 자리에서 피를 토하고 죽었다.

이야기는 초라하지만 한 시대의 사상을 유감없이 보여준다. 남자는 어떤 역경에도 굴하지 않고 노력해서 입신양명해야 하며, 여자는 제 팔다리를 잘라서라도 절개를 지켜야 한다. 이 문제에 있어서만큼은 단 한 번의 실수도 용서되지 않는다. 끝내 한 남자를 섬기는 데 실패했던 여자는 그 처지가 아무리 비참해도 동정을 얻지 못한다. 그래서 내가 이 이야기를 어머니에게 들었던 1950년대까지, 아니 그 후로도 오랫동안, 이 땅에는 저 여자를 변호해줄 노래도 이야기도 없었다. 저 여자를 위한 사상도 없었다. 저 여자를 위해서는 아무도 말을 만들지 않았다.

　따지고 보면 말이 전혀 없었던 것은 아니다. 내 어머니는 이 이야기를 할 때, 저 여자가 남자를 버리고 떠나던 정황을 특별히 길게 서술했다. 어느 날 여자가 아침부터 훑어 모은 갱피를 멍석 위에 널어놓고는 또 다시 들판에 나가 갱피를 훑는데 갑자기 소나기가 내렸다. 허겁지겁 집으로 돌아왔으나 멍석 위에 널어놓은 갱피는 벌써 떠내려가고 없었다. 선비는 여전히 마루에 앉아 글을 읽고 있었다. 책 읽기에 몰두한 선비는 소나기가 쏟아지는 줄도 몰랐을 것이다. 갱피는 책 앞에서 얼마나 하찮은가. 그 갱피가 여자에게는 얼마나 중요한가. 여자는 남자를 떠났다. 이 정황의 세부 서술이 여자를 적극적으로 변호해주는 것은 아니지만, 적어도 여자의 떠남이 어느 한 나절의 변덕이 아니라 거의 운명적 필연이었음을 말해준다. 이 세부는 절개 없는 여자를 불운한 여자로 바꿔줄 수도 있다. 이 세부는 그래서 어느 정도, 유교적 윤리를 강조하는 이 이야기 속에서 트로이의 목마와 같은 역할을 담당할 수도 있다.

여자의 절개를 겉에 내세우는 이야기라면 고전소설 『춘향전』을 빼놓을 수 없다. 그러나 춘향의 이야기라고 해서 다른가. 우리는 춘향이 옥중에서 꾸었던 꿈을 기억한다. 춘향은 장님 점쟁이에게 "단장하던 체경이 깨져 보이고, 창 앞의 앵두꽃이 떨어져 보이고, 문 위에 허수아비가 달려 보이고 태산이 무너지고 바닷물이 말라 보이니 나 죽을 꿈 아니냐"고 묻는다. 그러나 점쟁이는 생각 끝에 "능히 열매가 열어야 꽃이 떨어지고 거울이 깨어질 때 소리가 없을쏜가, 문 위에 허수아비 달렸으면 사람마다 우러러볼 것이요, 바다가 마르면 용의 얼굴을 능히 볼 것이요, 산이 무너지면 평지가 될 것이라"고 꿈을 해석한다.

이것은 말장난이 아니다. 꿈에 대한 춘향의 해석에도, 장님의 해석에도 일정한 체계가 있다. 자신의 꿈에서 죽음을 보는 춘향은 그 해석에 상징체계를 적용했다. 반면에 거울의 깨어짐에서 소리를 듣고, 앵두꽃의 낙화를 결실에 연결하고, 문 위에 달린 허수아비에 대해 우러러보는 시선의 방향을 느끼고, 태산의 무너짐에서 평지를 보고, 바닷물이 말라붙은 자리에서 거기 드러날 것이 무엇인지를 알아내는 장님의 해석은 사실체계를 기반으로 삼는다. 춘향은 하나의 현상 뒤에 감추어진 뜻을 찾으려 하지만, 점쟁이는 하나의 물질 뒤에 전도되어 있는 또 하나의 물질을 본다. 춘향에게 중요한 것은 말과 사물의 의미이지만, 장님은 꿈속에서 일어난 사건에 담긴 물질적 사실적 효과를 존중한다.

사실『춘향전』에서 춘향의 개성이 압도적인 것은 그녀가 뜻의 인간이기 때문이다. 춘향의 이야기 또는 노래에 '열녀춘향수절가'라는 이름을 붙인 사람도 그녀가 뜻과 의지의 인간이라는 점에 우선 주목했을 것이다. 춘향이 생각하는 자신의 운명은 그 뜻을 죽음으로 관철하는 길밖에 없다. 그러나 장님 점쟁이는 한 시대의 한 제도에서 그 주체의 혼란과 변화를 자기도 모르는 사이에 감지하고 있다. 춘향이 그 제도에서 버려진 자식인 것은 그녀의 신분이 불완전하기 때문만은 아니다. 완전한 신분의 양반들이 열녀불경이부烈女不更二夫의 절개를 도덕적 의무로 여기는 데 반해, 춘향은 그 절개를 자신의 권리로 주장해야 하고 주장하기 때문에 한 권력이 감싸 안을 수 없는 자식이 된다.

　춘향은 한 원리를 죽음에 이르기까지 주장함으로써 그 원리에 담긴 모순을 한 편으로는 고발하고 다른 한 편으로는 보충하는 원리의 인간이지만, 그 죽음의 의지와 은유에서 감성의 변화를 보는 장님은 벌써 역사적 인간이다.『춘향전』에서 이 감성의 변화가 수절의 원리를 마침내 사랑의 원리로 바꾸기에 이르렀다는 점을 생각한다면, 이 꿈의 해석은 어사 이몽룡이 변학도의 생일잔치에서 읊는 정치시(금잔의 좋은 술은 천 사람의 피요, 옥그릇의 맛있는 안주는 만백성의 피라, 촛불 눈물 떨어질 때 백성의 눈물 떨어지고, 노랫소리 높은 곳에 원성이 또한 높구나)보다 훨씬 더 정치적이다. 이몽룡의 시는 사실상 점쟁이로 대표되는 민중적 감성의 변화 위에 내린 행정적 결론일 뿐이기 때문이다.

하나의 도덕률을 강화하려는 사상체계는 어김없이 그 도덕률을 강화한다. 문학은 하나의 도덕률을 강화하려 할 때조차도 자주 그 도덕률의 밑바탕을 뒤흔든다. 문학은 그렇게 주어진 윤리의 바깥으로 빠져나가 그 윤리가 내팽개쳤던 사람들을 위해 노래를 만들고 이야기를 만든다. 그것이 문학의 문학다움이며 문학의 숭고함이다. 사람들은 자주 예술의 숭고미에 관해서 이야기한다. 숭고하다는 것은 사람의 힘으로는 감당할 수 없이 거대한 것, 인간의 두뇌로는 생각할 수도 없이 깊은 것을 향한 우리의 감정을 일컫는 말이다. 거대한 것은 산과 바다만이 아니다. 광활하고 그윽한 것은 저 끝없는 우주와 그 운행의 원리만이 아니다. 사람살이 또한 거대하고 깊은 것이기에 인간의 온갖 제도가 내다버린 바리데기들을 위해 늘 새로운 말이 만들어질 여지를 남긴다.

사람살이는 무한하게 넘실거리며 어제 중요했던 것들의 질서를 오늘 바꾼다. 저 먼 물결의 끝에서 하찮은 것들이 하찮은 신음을 내지른다. 한 세상의 도리를 강구한다는 근엄한 선비 앞에서 갱피 훑는 여자는 참으로 하찮은 존재다. 열녀의 절개는 기생의 딸 춘향이 넘볼 철학이 아니다. 그러나 문학이 저 하찮은 것들의 말이 아니라면 어디서 숭고한 말을 찾을 것인가.

06

지금 이 시간의 이름은 무엇입니까

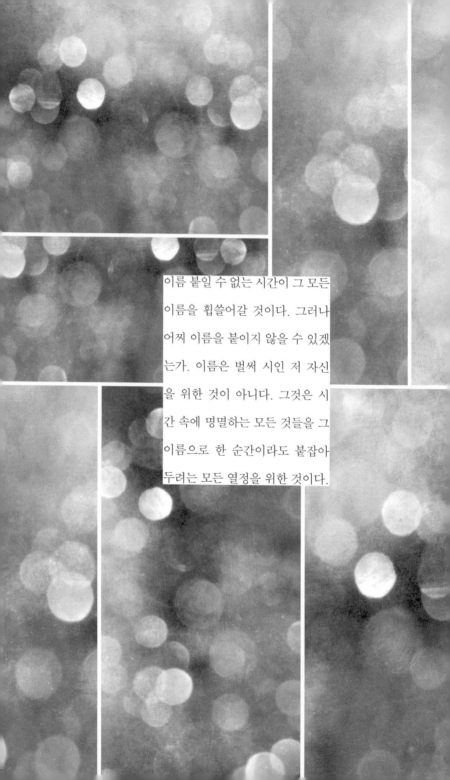

이름 붙일 수 없는 시간이 그 모든 이름을 휩쓸어갈 것이다. 그러나 어찌 이름을 붙이지 않을 수 있겠는가. 이름은 벌써 시인 저 자신을 위한 것이 아니다. 그것은 시간 속에 명멸하는 모든 것들을 그 이름으로 한 순간이라도 붙잡아 두려는 모든 열정을 위한 것이다.

저 PC통신 시절, '하이텔' 어느 게시판에 왕가위 감독의 영화 〈동사서독〉에 관한 이야기를 올린 적이 있다. 벌써 20여 년 전의 일이고 게시판에 직접 쓴 터라 그 파일도 남아 있지 않았는데, 그것을 갈무리해 둔 사람이 있었고 최근에 인터넷에서 그 글을 찾아낸 사람이 있었다. 다시 읽어보니 내 글 같기도 하고 아닌 것 같기도 하다. 몇 구절을 지우고 고쳐서 다시 써본다.

영화에서 두 타이틀 롤 가운데 한 명인 서독(장국영)은 무기질의 남자라고 부를 만하다. 무예로 말하면 당대 제일급의 고수다. 자신의 처지와 일에 명철하고, 감정에 흔들리는 법이 없고, 겉모습 그럴듯한 것들의 유혹에 넘어가지 않으며, 불확실한 것들에 결코 기대를 걸지 않는 데다, 고통에 의연하고, 세속적 가치에 초연하다. 몸과 마음 모두 강철 같은 이 남자가 사막에 자기 자신을 가두고 있다.

그의 직업은 해결사다. 누군가를 죽여야 할 필요가 있는 사람에게 '무공은 뛰어나지만 불운한 검객'을 소개해주는 일이다. 그는 이 일에 어떤 시답잖은 의미도 부여하지 않는다. 바람이나 파도가 '가치중립적으로' 자기들의 일을 하듯 그도 역시 무심하게 자기 일을 할 뿐이다. 파도의 역할과 다른 것이 있다면, 그것이 늘 피비린내를 몰아온다는 것과 돈으로 보상을 받게 된다는 것 정도다. 그가 방랑검객 홍칠(장학우)에게 일을 시킬 때, '대의에도 맞고 돈도 되는 일'이라는 표현을 쓰지만, 이 때도 대의를 정말 중요하게 여겨서는 아닐 것이다. 그런 것이 아직 세상 물정을 모르는, 따라서 '신발이 없는' 홍칠을 움직이는 데 도움이 된다는 것을 알기 때문일 뿐이다.

그는 세속에 초연하나 세태염량은 빠르다. 홍칠에게 신을 신겨야 고객들에게 돈을 더 받을 수 있다는 것을 안다. 중요한 것은 늘 돈이다. 그렇다고 사막에 은거해 있는 그가 돈의 가치를 진정으로 신봉한다고 할 수 있을까. 그에게서 돈이란 하나의 핑계, 다른 의도나 목적이 끼어들 수 없도록 하는 구실에 불과하다. 요컨대 '돈을 위해서 일을 한다'는 말은 '다른 어떤 것을 위해 일하는 것이 아니다'라는 말과 같은 뜻이 되겠다.

서독이 아무것에도 봉사하지 않는 이유를 영화는 충분히 설명한다. 가장 중요한 것을 잃었기 때문이다. 그는 옛날 고향 백태산을 떠나기 전에 여자 한 명(장만옥)을 알았는데, 그녀는 그의 형과 결혼해버리고 말았다. 그가 처음 방랑검객으로 강호에 나설 때 사랑한다고도, 함께 가자고도 하지 않은 채 홀로 버려두고 떠난 일에 여자가 원한을 품었던 것이다.

장만옥은 이제까지 백태산과 사막을 왕래하던 동사(양가위)의 손에 술 한 병을 들려 서독에게 보낸다. 그러나 마시면 모든 것을 잊게 된다는 이 술 '취생몽사'를 서독이 마시지 않고 오히려 동사가 마시고 만다. 동사가 잊고 싶었던 것은 '잃어버린 중요한 것'이 아니라 자신의 죄의식이었기 때문이다. 그는 또 한 사람의 무사인 친구(양조위)의 아내 도화(유가령)와 관계를 맺고 있었던 것이다. 그는 양조위에게도 '취생몽사'를 나누어 마시자고 하나 사태를 어느 정도 알고 있는 양조위는 '몸을 차갑게 해주는' 물을 택하겠다고 말한다. 그는 동사처럼 현실과 자신을 함께 속이고 싶지 않았을 것이다.

술병을 보내고 얼마 후 장만옥은 서독에게 편지 한 장을 써 놓고 죽는다. 두 해나 지나서 도착한 이 편지에서 장만옥은 '가질 수는 없어도 잊지는 말아야 한다'고 쓰고 있었다. 이 말은 거의 영화 전체의 주제가 된다. 쿤데라의 '생은 다른 곳에'라는 말이 랭보의 '진정한 삶은 여기 없다'는 말에 대한 번안이라면, 장만옥의 이 말은 쿤데라의 그것을 동양식으로 탁월하게 다시 번안한 것이라고 할 만하다. 가질 수 없는 것은 여기 없는 것이며, 잊지 않은 것은 다른 곳에 있는 것일 테니까.

서독은 아무것도 잊어버리지 않는다. 이 점에서 그의 태도는 동사의 태도와 분명하게 상반된다. 동사는 친구의 아내와 관계를 가질 때도, 누구에게 장난으로 결혼 약속을 할 때도 진정한 것의 대용품으로 만족하는 태도를 보인다. 아마 이 영화의 배경이었을 김용의 『영웅문』에 의하면, 동사는 나중에 한 섬을 기화요초로 꾸미고 거기에 '도화도'라는 이름을 붙여 가공의 무릉도원, 가짜 낙원을 만들기까지 한다. 반면에 서독은 이 세상의 모든 것을 제거하는 게 그의 일이다. 동시에 그는 자기 자신 속에 있는 모든 감정과 느낌들, 잃어버린 것을 닮았으나 그것은 아닌 모든 것들을 또한 제거한다. 세상은 사막이 되고 그의 마음도 당연히 사막이 된다. 그 '잃어버린 것'에 대한 기억만을,

습기를 완전히 제거한 형식으로, 절대적이고 순결한 형식으로 남기기 위해서겠다. 그는 서쪽으로, 더 깊은 사막으로 간다.

물론 〈동사서독〉에 이 고행의 길 이외의 다른 길이 없는 것은 아니다. 우선 '눈 멀어가는 검객' 양조위의 경우가 있겠다. 그는 눈이 완전히 멀기 전에, 세상을 완전히 잃기 전에, 고향의 복숭아꽃을(실은 아내 도화를) 다시 보러 갈 여비를 벌기 위해 마적 떼와 대결하기로 결심한다. 그런데 '마적이 오는 날은 정해져 있지 않으나 복숭아꽃이 피는 시기는 정해져' 있다. 눈은 멀어가는데 복사꽃 피는 계절이 확실하다는 것, 그것은 이 세상을 다시 보지 못하게 될 자에게만은 적어도 저 잃어버린 것, 진정한 것이 이 세상에 있다는 말이 되겠다.

그는 끝내 마적의 칼에 맞아 죽는다. "칼이 빠르면 피 솟는 소리가 아름답다"(이 대사는 일본의 어느 사무라이 영화에서도 들었던 기억이 있다)고 했는데, 그는 자기 피가 그렇게 아름답게 솟는 소리를 듣는다. 죽음과 삶을 맞바꿀 때만 삶은 진정한 것이 된다고 안타까운 해석을 해야 할지 모르겠다.

홍칠의 경우는 확실히 감동적이다. 아직 순박한 그는 서독의 하수인이 되어 마적 떼를 무찔렀으나, 서독처럼 사막이 되는 것이 싫어서 어느 순진가련형 시골처녀(양채니)의 달걀 하나를 먹는 대가로 목숨을 걸기도 한다. 그리고 아내와 더불어, 다시 말해 세상 속의 삶과 더불어, 바람을 맞받아, 북쪽으로 가기를 결심한다. 잃어버린 것이 정말로 진정한 것이라면, 그것은 이 세상에서 발견할 수도 건설할 수도 있는 것이라고 믿어야 하겠다. 운 좋게도 순진성을 상실하지만 않았다면 말이다.

모용연(임청하)을 빼놓을 수 없다. 모용 부족의 공주로 낮에는 오빠 모용연이 되고 밤이면 누이동생 모용언이 되는 이 다중인격자는 서독에게 청을 드려, 이 세상에서 자신이 받았던 모욕을 없애거나 두 인격 중 하나를 없애고 싶어 한다. 그러나 결국 이 이상한 쌍둥이는 물속의 자기를 들여다보며 칼로 그 물을 가르는 검법을 익히고, 독구패라는 이름으로 무예의 일가를 이루게 된다. 홀로 자신을 구하기도 하고 패배하기도 한다는 말일까. 아무튼 그녀는 나르시시스트며, 잃어버린 모든 것을 저 자신의 안에서 발견하고 그것을 끌어안고 산다. 그 삶이 비록 진정하다고 하더라도 그것은 혼자 사는 삶이기에 처연하다.

대강 이런 이야기였는데, 지난해에 개봉된 왕가위 감독의 또 다른 무협영화 〈일대종사〉를 보면서 저 '시간에 쫓기는 눈먼 무사'에 관해서 좀 더 길게 쓰지 못했던 것이 아쉬웠다. 이 영화가 1997년의 홍콩 반환을 3년 남겨 놓은 1994년에 제작되었다는 것도, 그 영어 제명이 〈Ashes Of Time〉, 즉 '시간의 재'였다는 점도 언급했어야 했다.

〈일대종사〉는 중국의 무술을 종합하여 영춘권을 만들고 전 세계에 보급했다는 엽문(양조위)의 일대기지만, 또한 시간에 대한 철학적 우화이기도 하다. 그는 젊은 날을 행복하게 살았으나 전란과 가난에 몰려 가족과 이별한다. 그는 아내(송혜교)의 손바닥에 "낭군의 마음엔 한 쌍의 다리가 있어, 강과 바다가 앞에 놓였어도 반드시 돌아온다"고 써주었지만, 끝내 아내를 만

나지 못한다. 그는 무술인으로 한 걸음 한 걸음을 굳세게 내디
뎠지만 그 걸음이 아내에게 이르지는 못했다. 시간은 모든 발
걸음을 재로 만들었다. 그렇다고 어찌 굳세게 걷지 않겠는가.

또 한 사람의 여자가 있다. 궁이(장쯔이)는 동북의 무술을 종
합하여 팔괘장을 만들어낸 궁보삼의 딸로 아버지에게서 궁가
64수를 전수받았다. 엽문은 그녀와의 대결에서 형식상 패배했
지만 그 64수의 진수를 엿보았고, 여자도 남자도 서로를 마음
에 품었다. 엽문은 64수의 시연을 다시 보고 싶어 했는데 궁이
는 끝내 그 소원을 들어주지 않았다. 아버지의 원수를 갚는 일
에 전력을 다하고 있었던 때문이기도 하고, 그 64수가 남자의
마음을 붙잡아둘 수 있는 유일한 끈이기도 했던 때문이다. 벌
써 몸이 많이 상한 궁이는 궁보삼이 남긴 교훈을 엽문 앞에서
읊는다.

"마음에 두고 잊지 않으면 분명히 좋은 결과가 올 것이며, 등
불이 있으면 사람이 있다."

무술인으로서 엽문은 내내 세상에 등불을 켰지만, 두 사람은
평생 동안 그 등불 아래로 들어갈 수 없었다. 시간은 등불을 재
로 만들었다. 그러나 어찌 등불을 켜지 않을 수 있겠는가. 미처
가지 못한 발걸음과 다 켜지 못한 등불을 그 재 속에 묻어둔다
고 해야 하지 않겠는가.

시인 진이정은 1993년 서른네 살 나이로 세상을 떠났다. 『거
꾸로 선 꿈을 위하여』(1994)는 그의 유고 시집이다. 그는 눈앞
에 다가온 자신의 죽음을 내다보며, 저 눈먼 무사만큼 절박한

처지에서 "지금 이 시간의 이름은 무엇입니까"라고 묻는 시를 썼다. 시간이 흘러가며 잠시 만들어 놓았던 것에 그는 끊임없이 이름을 붙인다. 그게 무슨 소용이겠는가. 이름 붙일 수 없는 시간이 그 모든 이름을 휩쓸어갈 것이다. 그러나 어찌 이름을 붙이지 않을 수 있겠는가. 이름은 벌써 시인 저 자신을 위한 것이 아니다. 그것은 시간 속에 명멸하는 모든 것들을 그 이름으로 한 순간이라도 붙잡아 두려는 모든 열정을 위한 것이다. 〈일대종사〉에서는 말한다. 무술에는 자기를 보는, 천지를 보는, 중생을 보는 세 단계가 있다고. 저를 본다는 것은 저 자신을 안다는 것이고, 천지를 본다는 것은 저 자신이 미약하다는 것을 안다는 것이고, 중생을 본다는 것은 인간들의 열정을 생각한다는 것이겠다. 한 인간의 열정은 시간 속에 재가 되어도, 저 열정들은 천지에 가득하다. 다음은 진이정의 시 「지금 이 시간의 이름은 무엇입니까」이다.


　흐르는 지금 이 시간의 이름은 무엇입니까 꽃이라고 별이라고 그대라고 명명해도 좋을까요 그대가 흘러갑니다 꽃이 흘러갑니다 흘러흘러 별이 떠내려갑니다 모두가 그대의 향기 질질 흘리며 흘러갑니다 그대는 날 어디론가 막다른 곳까지 몰고 가는 듯합니다 난 그대 안에서 그대로 불타오릅니다 그대에 파묻혀 나는, 그대가 타오르기에 불붙어 버렸습니다 지금 흘러가는 〈이때〉의 이름은 무엇입니까 나는 누구의 허락도 없이 잎이라고 눈이라고 당신이라고 명명해 봅니다 당신에 흠뻑 젖은 내가 어찌 온전하겠습니까 아아 당신은 나라는 이름의 불쏘시개로 인해 더욱 세차게 불타오릅니다 오 지금 흐르고 있는 이 꽃 별 그대 잎 눈 풀씨 허나 그러나 나도 세간 사람들처럼 당신을 시간이라 불러봅니다 꽃이 별이 아니 시간이 흐릅니다 나도 저만치 휩싸여 어디론가 떠내려갑니다 아아 무량겁 후에 단지 한 줄기 미소로밖엔 기억되지 않을 그대와 나의 시간, 난 찰나를 저축해 영겁을 모은 적이 없건만 이 어이된 일입니까 미소여 미소여 당신의 이름은 무엇입니까 솜털 연기 나비라고 명명해 봅니다 엉터리 작명가라 욕하지 마셔요 당신이 흐르기에 나는 이름 지을 따름입니다 흐르는 당신 속에서 난 이름 짓는 재주밖엔 없습니다 때문에 난 이름의 노예, 아직도 난 이름의 거죽을 핥고 사는 한 마리 하루살이에 지날지 모릅니다 아아 당신은 흐릅니다 난 대책없이 당신에게로 퐁 뛰어듭니다 당신은 흐름, 난 이름, 당신은 움직임 아주 아주 미세한 움직임, 나는 고여 있음 아주 아주 미련한 고여 있음, 멀고 먼 장강의 흐름 속에서 무수히 반짝이는 〈나〉의 파도들이여 거품 같은 이름도 흐르고 흐를지면 언젠간 당신에게로 다가갈 좋은 날 있을 것인가요 그런가요 움직임이시여 어머니 움직임이시여 고여 있는 〈나〉의 슬픈 반짝임, 받아주소서 받아주소서

07

섬에 관한 이런저런 이야기

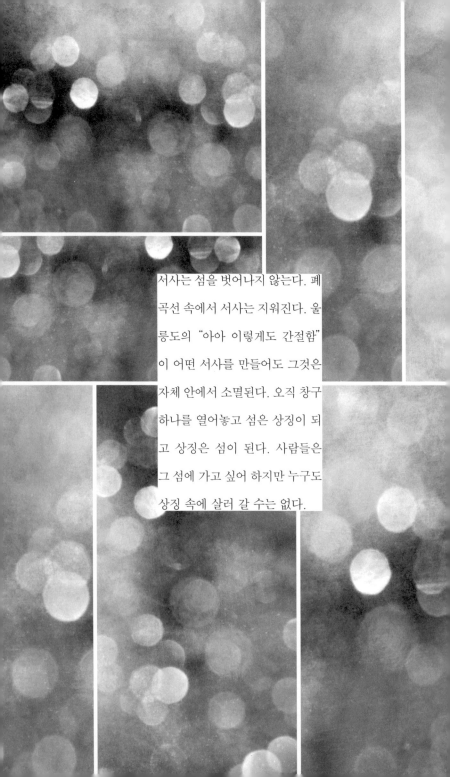

서사는 섬을 벗어나지 않는다. 폐
곡선 속에서 서사는 지워진다. 울
릉도의 "아아 이렇게도 간절함"
이 어떤 서사를 만들어도 그것은
자체 안에서 소멸된다. 오직 창구
하나를 열어놓고 섬은 상징이 되
고 상징은 섬이 된다. 사람들은
그 섬에 가고 싶어 하지만 누구도
상징 속에 살러 갈 수는 없다.

내가 살던 목포 비금도에서는 동학농민혁명 시기를 '갑오년 댕구시절'이라고 불렀다. 댕구는 조선시대의 화포인 대완구에서 온 말일 텐데, 말의 생명이 길어서 한국동란 때 미군의 함포소리도 섬사람들에게는 여전히 댕구소리였다. 섬은 댕구시절의 싸움터에서 멀리 떨어져 있었지만, 그와 관련된 믿기 어려운 전설 몇 가지는 반세기도 더 지나 내가 초등학교에 다닐 때까지 사라지지 않았다. 옆 마을의 어떤 어른은 육지로 나가 그 전투에 참여했으나 패주하던 끝에 포로로 잡혔다. 그는 사형이 집행되기 전날 밤 옥중에서 〈적벽가〉를 완창했다. 노랫소리가 동헌에 울렸고, 감동을 받은 현감이 그를 풀어주었다. 또 한 사람은 같은 처지에서 형장에 끌려가 참수를 기다리고 있었다. 앞 사람의 잘린 목에서 솟아오른 피가 그의 온몸에 쏟아졌다. 그는 꼿꼿이 고개를 들고 소리쳤다.

"이놈아, 위업은 못 이루었어도 죽을 때는 깨끗이 죽어야지."

처형장의 관리가 그 기개를 가상히 여겨 그를 방면했다. 할아버지가 누구누구네 영감이라고 그들의 이름까지 언급했던 것을 생각하면 전혀 근거가 없는 전설은 아닐지 모른다.

우리 집안은 댕구시절에 소를 한 마리 잃었다. 동학의 패잔병 여남은 명이 초란이패라고 불리는 광대들과 함께 섬의 산 속에 피신해 있었다. 그들은 광대들이 마을을 돌며 걷어간 곡식으로 연명하며 때로는 농가도 습격했다. 열다섯 살 소년이던 할아버지가 소를 산기슭에 매어두고 서당에 다녀오니 칼에 잘린 고삐만 남아 있었다. 얼마 후 산 사람들과 초란이패는 섬에서 가장 큰 배를 탈취해서 바다로 떠났다. 내 고향 섬은 그 무렵부터 세상에 발붙일 수 없는 사람들이 몸을 의탁하거나 숨기는 자리가 되었다.

나는 방학이면 보름 정도를 외가에서 살았다. 그 마을에 옥상이라는 중년남자가 있었다. 아마도 옥 씨를 일본식으로 이른 말일 것이다. 그는 마을 유력자의 집에서 새경도 없이 한 해에 옷 두 벌을 받고 머슴으로 일했다. 그가 어디에서 무엇을 하던 사람인지는 아무도 알지 못했다. 아내가 외간남자와 사통하는 것을 보고 사방을 떠돌다가 섬으로 들어왔다는 말도 있고, 그 남녀를 죽이고 피신해 있는 신세라는 말도 있었다. 돌이켜보면 첫 번째 '염전노예'라고 할 만도 한데, 주인집에서 염전을 경영하지 않았기에 염전에서 일한 적은 없으며, 그를 노예라고 생각하는 사람도 없었다. 그는 인물됨이 변변하고 유식해서 주인집에서도 함부로 대하지 못했다. 그는 밤마다 외가의 사랑방에 찾아와서 마을 사람들이 전혀 들어본 적이 없는 옛날이야기를 했다. 석순의 종, 원효의 해골, 경문왕의 당나귀 귀 등. 그에게서 들은 이야기들을 나는 뒷날 『삼국유사』에서 다시 만날 수 있었다.

그러나 섬은 솟대도 아니고 악마의 노역장도 아니다. 염전노예 사건 같은 것은 인권 개념이 전혀 없는 업주가 열악한 일터에서 공공권력의 눈을 피해 벌인 특수한 사안이라고 생각해야 한다. 지난 시대에 부자들이 가난한 사람을 불러 일을 시키고 밥이나 먹여주면서 선심을 쓴다고 생각하던 폐습이 외지인들을 상대로 변형되어 아직까지 남아 있는 것이 그 문화적 배경이라고 말할 수도 있겠다. 아무튼 섬사람들은 섬을 특별한 곳으로 생각하지 않는다. 다른 세상과 마찬가지로 욕망이 있고 갈등이 있다. 다만 친한 사람들이 더 친해지기 쉽고 원수 진 사람들 간에 그 감정의 골이 더 깊어지기 쉬운 곳이다. 사람들은 인환의 거리에서 조금 멀리 떨어진 자리가 있기를 바라고 자기 마음처럼 외로운 땅이 있어 자기를 기다릴 것이라고 생각한다. 그러나 그것은 시 속의 섬일 뿐이다.

정현종의 시 「섬」은 두 행으로 끝나는 짧은 작품이다.


사람들 사이에 섬이 있다.
그 섬에 가고 싶다.


시를 좋아하는 다른 사람들처럼 나도 이 시를 외우고 있지만, 여기서 '섬'이 무엇을 뜻하는지 확연히 이해된 적은 없다. 예전에 어느 서예가의 집을 방문했을 때, 그 집의 필통에 이 시가 새겨져 있었다. 잘 만든 도자기 필통이었다. 그 필통이 놓인

다탁을 사이에 두고 주인과 내가 마주앉자, 우리는 마치 이 시를 주제로 한 설치 미술품처럼 느껴졌다. 내가 저 사람을 만나려면 섬인 필통을 징검다리로 삼아야 할 것인가. 아니, 저 사람도 섬으로 올 것이니 섬은 경유점이 아니라 목적지다.

다만 이 만남의 자리가 들판이나 광장이 아니란 것은 이상하다. 나도 고독하고 저 사람도 고독해서, 그 만남 또한 고독한 성질을 지닌다고 말해야 할 것 같다. 그런데 여기까지 생각하다가, 섬에서 어린 시절을 보냈던 나는 문득 반발한다. 그렇다면 섬에 살고 있는 사람들의 처지는 무엇이란 말인가. 그래서 고쳐 생각한다. 사람들은 섬처럼 떨어져 있지 않다. 그들은 서로 만나고 생각과 감정을 교환한다. 그러나 그들이 완전히 만나는 것은 아니다. 저마다 끝까지 털어놓지 못하는 어떤 마음의 조각을 지니고 있다. 그것이 사람들 사이에 고독한 섬을 만들고 사람들을 고독하게 한다. 그 섬에 발을 들여놓을 수만 있다면 사람과 사람은 완전히 만날 수 있을 터인데, 사람들은 거기에 가고 싶어 하면서도 쉽게 그러지 못한다. 그런데 여기서 또 예의 섬 소년 신경증이 발작하여 똑같은 질문을 늘어놓게 한다. 그렇다면 섬에 사는 사람들은 절대적으로 화평하거나 절대적으로 고독하다는 말인가.

어쩌면 시를 더 단순하게 읽어야 할지도 모르겠다. 시인은 바다에 떠 있는 섬을 바라보며, 다른 해안에서 그 섬을 바라볼 사람을 생각하고 있을 것 같기도 하다. 나는 또 조용하게 대꾸한다. 섬의 기슭에도 이쪽저쪽 건너편 해안을 바라보는 사람이

서 있을 텐데……. 정현종의 「섬」과 관련된 내 비극은, 적어도 섬에 관한 한, 남들이 상징이나 비유로 받아들이는 단어에 늘 공연한 사실을 들이대려는 어떤 강박증에 있다.

중학교 국어 교과서에서던가, 유치환의 시 「울릉도」를 읽었을 때도 찬탄하는 마음에 억울한 마음이 조금 섞여 있었다. 「울릉도」는 「섬」보다 길고 유려한 작품이지만 시 의식의 관점에서 본다면 훨씬 더 소박하다. 이 시가 실린 시집 『울릉도』는 1948년에 발간되었다.


동쪽 먼 심해선 밖의
한 점 섬 울릉도로 갈거나.


금수로 굽이쳐 내리던
장백의 멧부리 방울 뛰어
애달픈 국토의 막내
너의 호젓한 모습이 되었으리니.


창망한 물굽이에
금시에 지워질 듯 근심스레 떠 있기에
동해 쪽빛 바람에
항시 사념의 머리 곱게 씻기우고

지나 새나 뭍으로 뭍으로만
향하는 그리운 마음에
쉴 새 없이 출렁이는 풍랑 따라
밀리어 오는 듯도 하건만

멀리 조국의 사직의
어지러운 소식이 들려올 적마다
어린 마음 미칠 수 없음이
아아, 이렇게도 간절함이여!

동쪽 먼 심해선 밖의
한 점 섬 울릉도로 갈거나.

 

시에서 이 나라의 섬을 대표하는 "울릉도"는 애국적이다. 이 외로운 섬은 "조국"과 "사직"을 걱정한다. 어쩌면 이 애국은 "국토의 애달픈 막내"의 심정이기에 늘 부족하고 어느 정도는 운명적으로 강요된 것일 수도 있다. 청마는 이 시를 착상할 때도 쓸 때도, 분명 지도를 보고 있었을 것이다. "심해선 밖"이란 말이나 "금시에 지워질 듯 근심스레 떠" 있다는 표현이 이를 말해준다. "쉴 새 없이 출렁이는 풍랑 따라 / 밀리어 오는 듯도 하건만"이란 시구는 그 지도가 별로 크지 않았을 것임을 짐작하게도 한다. 지도는 많은 것을 상념하게 하지만, 작은 지도 속에 그려진 작은 섬만큼 추상적인 것도 드물다. 좁쌀만 한 점이나 폐곡선으로 그려진 섬은 산정을 표시하는 검은 삼각형보다 더 많은 것을 알려주지 않는다. 어떤 사람의 눈에 그것은 땅과 바다만 있어야 할 세계의 그림에서 잘못 복사한 사진의 '노이즈'처럼 보일 수도 있다. 그래서 지도 속의 섬은 해가 뜰 때나 질 때나 "뭍으로 뭍으로만" 다가와 저 자신을 지워버리려고 한다. 울릉도의 애국심은 그래서 저 '노이즈'를 안타깝게 여기는 사람의 마음이 거꾸로 투영된 것일 수도 있다.

그러나 지금 이 유려하고도 애달픈 시를 폄하하거나 청마를 비난하려는 것이 아니다. '울릉도'는 말 그대로 상징이며, 어수선한 해방정국에서 조국의 운명을 염려하면서도 의지에 힘이 못 미치는 시인 그 자신의 처지를 드러내는 시적 상관물일 뿐임을 나는 잘 알고 있다. 다만 내가 어린 시절을 한 점 상징 속에서 살았다는 것이 자못 황당하다고 말하려던 것이다. 그런데 사실은 유치환도 섬사람이다. 그는 거제도에서 태어났다. 거제도는 울릉도보다 훨씬 큰 섬이다. 철이 들기 전에 뭍으로 옮겨 살았으며, 「울릉도」를 쓸 당시 이미 저명한 지식인이었던 유치환의 경우는 더욱 그렇겠지만, 예사 섬사람들도 자신이 섬사람인 것을 보통은 잊고 살며 더구나 '호젓한 섬'이라는 말을 들으면 그런 섬이 어디에 따로 있는 것처럼 생각하기까지 한다. 그들은 자주 섬을 떠나고 싶어 하지만, 세상 모든 사람들이 제가 살던 곳을 떠나 다른 곳으로 가고 싶어 하는 것만큼만 떠나고 싶어 한다. 그들도 어떤 상징적 세계를 찾고 있지만, 아니

상징적 세계를 찾고 있기에, 제가 사는 곳이 상징이 되는 것을 보고는 적지 않게 놀라며 불편하게 여길 것이다.

상징은 온갖 서사에 들어가 빛나는 성좌를 구성하지만 상징에서 서사가 나오지는 않는다. 넓은 공간에서 어떤 자리가 지녔을 성싶은 이상한 기운은 그 자리가 폐쇄되어 있다는 것을 뜻하는 때가 많다. 그 안에서 일어나는 사건은 그것이 아무리 특별한 것이어도, 사건은 거기서 시작해서 거기서 끝난다. 사건은 일어나지 않은 사건과 다를 것이 없다. 섬이 어떤 상징이 될 때도 그렇다. 우리 시대의 영화가 그 점을 웅변한다.

김학민 감독의 영화 〈극락도 살인사건〉(2007)에서는 섬 주민 17명 전원이 흔적도 없이 사라진다. 서사는 밀실추리극의 플롯을 그대로 밟는다. 섬은 밀실에 해당한다. 사건은 어느 제약회사의 신약개발을 위한 음모에서 비롯한 것으로 밝혀지지만, 이야기 속의 제약회사도 그 이야기를 꾸민 감독도 섬을 처음부터 하나의 폐쇄적 상징으로 여긴 셈이며, 따라서 사건의 원인과 결과가 모두 섬에 있는 것이나 다름없을 것이다. 제약회사의 음모는 그 밀실을 들여다보기 위한 작은 창구에 지나지 않는다.

장철수 감독의 영화 〈김복남 살인사건 전말〉(2010)에서는 그 점이 더욱 극명하다. 가족의 학대를 받던 여자가 그 가족들의 목을 자르고, 학대를 방조했거나 방관했던 섬 주민 전체를 살해한다. 김복남에게 원한을 품게 한 것도 폐쇄된 사회의 풍속이며, 그 끔찍한 연쇄살인을 가능하게 한 것도 섬의 폐쇄된 환경이다. 김복남은 마침내 섬을 벗어나서도 살인을 저지르지만 그녀의 마지막 범행 장소인 포구의 파출소나 그녀가 숨을 거둔 파출소의 유치장은 경계가 약간 확대된 섬일 뿐이다. 살인사건의 전말을 목도한 김복남의 친구가 이를 계기로 실존적 결단을 내려 삶의 태도를 바꾸지만, 이 교훈 역시 섬을 바라보는 하나의 창구일 뿐이다.

서사는 섬을 벗어나지 않는다. 폐곡선 속에서 서사는 지워진다. 울릉도의 "아아 이렇게도 간절함"이 어떤 서사를 만들어도 그것은 자체 안에서 소멸된다. 오직 창구 하나를 열어놓고 섬은 상징이 되고 상징은 섬이 된다. 사람들은 그 섬에 가고 싶어 하지만 누구도 상징 속에 살러 갈 수는 없다.

08

〈임을 위한 행진곡〉을 위해

〈임을 위한 행진곡〉은 한 시대의 슬픔과 한 시대의 희망과 한 시대의 위업을 위해 만들어졌지만, 이 희망의 무한 원칙에 의해 시대를 넘어서서 혹은 시대를 거슬러 올라가서, 독립군들이 만주 벌판에서 불렀어도 좋았을 노래가 되고, 프랑스의 레지스탕스 대원들이 형장에서 부르기를 마다하지 않았을 노래가 되었다.

작가들 가운데도 '임'을 '임'이라고 써야 할지 '님'이라고 써야 할지 망설이는 사람들이 없지 않다. 현대 한국어에서 '님'은 의존명사이거나 접미사일 뿐이어서 사모하는 어떤 대상을 말할 때는 '임'이라고 써야 한다는 여러 한국어사전의 명령이 추상 같으니 결국 '임'으로 쓰기는 하지만, 마음에 차지 않아 입술을 깨무는 사람들이 또한 많다. 한용운 선사의 시집 『님의 침묵』의 영향이 클 것이고 '임'으로는 그 말이 담아야 할 추상적인, 추상적이기에 거룩한 의미를 다 표현할 수 없을 것 같은 느낌도 작용할 것이다. 이 느낌이야 근거가 있기도 하고 없기도 하지만, '님'은 '임'과 달리 ㅁ 발음을 위해 입을 결정적으로 닫기 전에 혀끝이 입을 한 번 막았다 트게 되니 거기서 오는 생동감이 말에 활기를 주는 것은 사실이다. 거룩하고 추상적인 것일수록 육체적 생동감을 요구하게 마련이다.

한국의 대표적인 운동가요 〈임을 위한 행진곡〉이 1981년 5월에 탄생했을 때도 그 첫 악보에 달린 제목은 '님을 위한 행진曲'이었다. 백기완의 시 「묏비나리」의 한 대목을 다듬어 가사를 만들고 김종률이 곡을 붙인 노래는 널리 알려진 것처럼 5·18 광주민주화운동 당시 시민군 대변인으로 활동하다 마지막 날 전남도청에서 계엄군에게 사살된 윤상원과 '들불야학'을 운영하다가 1979년 겨울에 숨진 노동운동가 박기순의 영혼결혼

식에 헌정된 노래극 〈넋풀이〉를 통해 처음 발표되었다. 그때가 1982년이다. 가사를 다듬은 소설가 황석영이 광주에 머물 때, 그의 자택에서 이동식 카세트테이프로 조악하게 녹음되었던 이 노래극은 저 80년대의 겨울왕국에서 말 그대로 "새날이 올 때까지 흔들리지" 않으려는 사람들 사이에 구전으로, 악보로, 카세트테이프로 전파되어 1980년대 중반에는 시위현장마다에서 듣게 되는 대표적 민중가요가 되었다.

백기완이 "유신잔재 청산을 위해 투쟁하다가 붙잡혀 1980년 서울 서빙고 보안사에서 고문의 고통을 이기고자" 썼다고 스스로 밝힌 시 〈묏비나리〉는 전문이 150행에 달하니 짧은 시가 아니다. '비나리'는 남사당패 등이 그 마당놀이의 마지막 과정인 성줏굿에서 걷어 들인 곡식이나 돈을 상 위에 올려놓고 외는 고사소리를 뜻하고 '묏'은 산을 말할 것이니, '묏비나리'는 산신제의 고삿소리 정도로 이해할 수 있을 것 같다. 아직 못 이룬 바람으로 조국의 산천을 흔들려는 이 시는 슬프면서 힘차고, 슬프기에 힘차다. 〈임을 위한 행진곡〉의 가사는 이 긴 시에서 가장 서정적인, 다시 말해서 가장 비장한 대목을 끌어왔다.

사랑도 명예도 이름도 남김없이
한평생 나가자던 뜨거운 맹세
동지는 간데없고 깃발만 나부껴
새 날이 올 때까지 흔들리지 말자

세월은 흘러가도 산천은 안다

깨어나서 외치는 뜨거운 함성

앞서서 나가니 산 자여 따르라

앞서서 나가니 산 자여 따르라


　첫 구절 "사랑도 명예도 이름도 남김없이"는 '사랑도 남기지 않고 명예와 이름도 남기지 않고'라는 뜻일 텐데, 조금 의외로운 데가 있다. 조국 민주화의 거친 투쟁에 들어선 자가 무명의 전사로 한 생애를 바치겠다는 결심은 자연스러운 것이지만 '사랑'은 다르지 않은가. 그러나 이 구절은 백기완의 「묏비나리」에서 그대로 가져온 것이라는 점을 상기하면 쉽게 이해가 된다. 그에게서 "뜨거운 맹세"는 동지들 간의 맹세가 아니라 그 개인의 다짐이었다.

　그는 대의의 실천을 위해 가족 간의 정의情誼를 비롯해서 사소한 인간적 연민을 희생할 수밖에 없다고 생각한다. 그러나 동지들 간의 결의가 문제되는 행진곡에서는 백기완의 저 다짐 위에 인간이 세상과 자연에 바쳐야 할 사랑을 "남김없이" 바치겠다는 다짐을 덧붙인다. "동지는 간데없고 깃발만 나부껴"에서 "깃발만"의 '만'에는 감출 수 없는 실망의 표현이 들어 있다. 여기에 해당하는 백기완의 시구 "싸움은 용감했어도 깃발은 찢어져"에서도 이 점은 마찬가지다.

　시인은 평생에 걸쳐 나아가야 할 싸움 가운데 헤쳐 나가기 어려운 궁지에 처해 있다. 아마도 시인은 서빙고 보안사에서 이 시를 쓰며 모진 고문 끝에 자신의 목숨이 다할지도 모른다고 생각했을 것이다. "세월은 흘러가도 / 굽이치는 강물은 안다"고 이어지는 두 시구가 그것을 말해준다. 그는 아직 이루지 못한 바람과 뜻을 역사와 조국의 산천에 부친다. 그는 누구에게 연락도 할 수 없는 골방에 갇혀 있다.

〈임을 위한 행진곡〉을 만든 사람들도 숨어서 작업을 했지만, 그들의 조건은 그보다 나았다. 아니 역사가 좀 더 힘을 얻었다. 그들의 곁에는 뜻을 같이하는 사람들이 있었고, 밖에는 벌써 호응하는 사람들이 있었다. 그래서 그들은 "새 날이 올 때까지 흔들리지 말자"고 말할 수 있었다. 그들이 이어서 "세월은 흘러가도 산천은 안다"고 노래할 때, 그들의 역사와 산하는 백기완의 그것보다 훨씬 더 가까이 있었다. 세상은 여전히 험해도 그 짧은 기간에 저 닿을 수 없는 미래가 그만큼 더 가까워졌다고 말해야 했다.

백기완은 죽음의 그림자가 어른거리는 골방에서 "일어나라 일어나라" 혼자 절규했지만, 1982년의 광주에서는 벌써 "깨어나서 외치는 뜨거운 함성"을 상상할 수 있었다. 이 노래는 그 연원에서도 알 수 있듯이 죽은 자들의 넋을 달래는 진혼가의 성격이 강하다. 격렬한 투지와 비상하는 정열을 앞세우는 다른 운동가요와 달리 장엄하지만 슬프게 가사의 음절 하나하나를 음미하듯이 천천히 불러야 하는 것도 그 밑바닥에 죽음이 있기 때문이다. 죽음은 눈앞의 투명한 시간을 저 먼 지평선의 불투명한 시간에, 다시 말해서 한 생명의 모든 바람이 무한의 형식으로 펼쳐져 있는 미래에 연결시키기에 힘을 뽐내지 않고 뒤에 쌓는다. 〈임을 위한 행진곡〉은 한 시대의 슬픔과 한 시대의 희망과 한 시대의 위업을 위해 만들어졌지만, 이 희망의 무한 원칙에 의해 시대를 넘어서서 혹은 시대를 거슬러 올라가서, 독립군들이 만주 벌판에서 불렀어도 좋았을 노래가 되고, 프랑스의 레지스탕스 대원들이 형장에서 부르기를 마다하지 않았을 노래가 되었다. 불교적으로 말하면 거룩한 자비심에서 우러난 비원이 거기 있고, 기독교적으로 말하면 의에 주리고 목마른 자가 문득 자기를 돌아볼 때의 은혜가 거기 있으며, 문학적으로 말한다면 고양된 열정으로 성화된 정신의 시적 상태가 거기 있다.

〈임을 위한 행진곡〉은 한국의 마음이 어느 때보다도 더 순결한 희망으로 가득 차 있을 때 만들어진 노래지만, 이 노래가 한국에서만 불리는 것은 아니다. 대만, 홍콩, 필리핀 그리고 일본에서도 사회운동가들이 제 나라 말로 이 노래를 부르고 있으며, 미국에도 이 노래가 알려져 있다. 한국의 한 시인이 국제시인대회에 초청을 받아 미국에 갔던 길에 하버드대학 교정에서 귀에 익은 노래를 들었다. 처우개선을 요구하는 도서관 직원들과 그에 동조하는 학생들이 〈임을 위한 행진곡〉을 부르고 있었다. 그 참가자 가운데 한 명이 한국에 유학 와서 여러 해를 산 사람이었다.

〈임을 위한 행진곡〉은 민주화운동과 노동운동 현장에서 가장 많이 불린 노래고 광주의 5·18 민주화운동과 깊이 연결된 노래지만, 진보운동권에서만 이 노래를 부른 것은 아니다. 2002년 제16대 대통령 선거에 노무현 후보가 당선되었을 때 이회창 후보 지지자들의 일부가 개표에 부정이 있다며 시위를 한 적이 있다. 나는 그 무렵 대구에서 강연을 하고 올라오던 길에 고속버스터미널에서 그 시위자들을 만났다. 그들이 종주먹을 들이대며 〈임을 위한 행진곡〉을 부르고 있었다. 나름대로 자신들이 의로운 일을 하고 있다고 믿었을 그들은 이 노래가 의에 주리고 목마른 사람들을 위한 노래라는 것을 본능적으로 알고 있었던 것이다.

　이 노래는 운동가요를 넘어서서 민중가요가 되었다. 역사의 풍요로움은 그 역사가 만든 이야기와 노래로 측정된다. 이야기는 그 정신의 여정이 어디서 출발하여 어디를 돌아 어디까지 갔는가를 말한다. 노래는 그 여정이 얼마나 고통스러웠으며 얼마나 슬펐으며 얼마나 자주 희망을 되새겼으며 얼마나 고결했던가를 말한다. 우리는 현대사에서 지극히 고통스럽고 지극히 고결했던 순간에 〈임을 위한 행진곡〉을 만들고 불렀다. 이 노래는 모든 오욕과 영광을 넘어서서 우리가 슬픈 날에도 우리가 기쁜 날에도 우리 곁을 떠나지 않을 것이다.

09

이 죄악을 잊어버리지 않기 위해

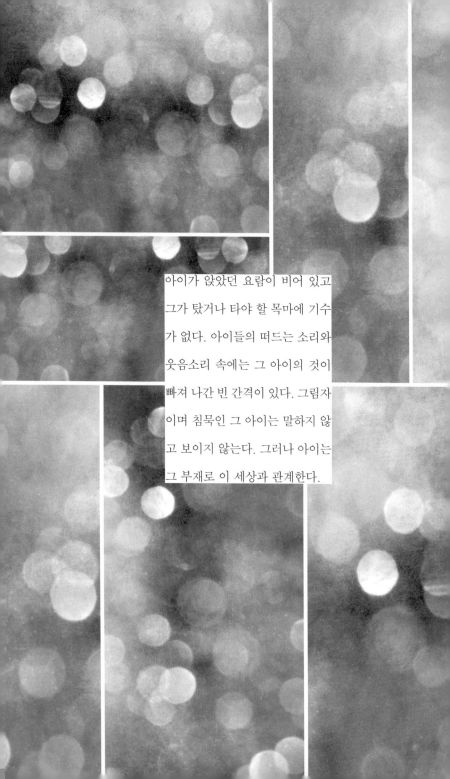

아이가 앉았던 요람이 비어 있고
그가 탔거나 타야 할 목마에 기수
가 없다. 아이들의 떠드는 소리와
웃음소리 속에는 그 아이의 것이
빠져 나간 빈 간격이 있다. 그림자
이며 침묵인 그 아이는 말하지 않
고 보이지 않는다. 그러나 아이는
그 부재로 이 세상과 관계한다.

시인들은 속절없이 시를 썼다. 아들딸을 잃고 시를 썼고, 때로는 불행한 부모들을 대신해서도 시를 썼다. 그 절망감에서 벗어나기 위해서가 아니라 그 비애의 극한이 잊힐까 봐 두려웠기 때문이다. 정지용은 「유리창」을 썼고, 김광균은 「은수저」를 썼고, 김현승은 「눈물」을 썼다. 김종삼은 더 많은 시를 썼다. 「음악」과 「배음」이, 「무슨 요일일까」가 모두 죽은 아이를 위한 시이며, 두 편의 「아우스뷔츠」에도 그 중심에는 어린 생명의 죽음이 있다. 가장 처절한 시 「민간인」은 그의 사후 광릉 근처에 세운 그의 시비에 새겨졌다.


1947년 봄
심야
황해도 해주의 바다
이남과 이북의 경계선 용당포

사공은 조심조심 노를 저어가고 있었다
울음을 터뜨린 한 영아를 삼킨 곳.
스무 몇 해나 지나서도 누구나 그 수심을 모른다.

시의 내용은 크게 어려울 것이 없지만, 그 제목이 오래도록 생각을 붙잡는다. 이 제목은 시가 전하려는 처절한 사건과 직접적으로 연결되는 것일까, 아니면 어떤 분위기를 포괄적으로 전하기 위해 선택된 단어였을까. '민간인'은 물론 군인이나 관리와 대비되는 신분의 사람들, 위험 앞에서 자신을 엄폐할 권력이 없고 자신을 지킬 무기가 없는 사람들을 말하는 것이지만, 말의 의미가 거기서 끝날 것 같지는 않다.

시는 비극이 일어난 시간과 장소를 정확하게 전한다. 이 점에서 이 시는 시인의 생애에 일어났던 어떤 사건, 혹은 목도했던 어떤 사건에 토대를 두고 있는 것이 분명하다. 그러나 시인에 대해 많은 것을 알고, 그가 황해도 은율 태생이라는 것에 덧붙여 음악에 대한 그의 깊은 지식과 말년의 기이했다는 그 행적을 소상하게 전하는 사람들도 이 시와 관련된 정황에 대해서는 말하지 않는다. 사공이 조심조심 노를 젓던 배에는 누구누구가 타고 있었는지, 시인과 죽은 아이의 관계는 정확히 어떤 것이었는지, 아이는 어떻게 바다 속에 들어가게 되었는지. 여러 가지 의문을 제기하는 시도 정작 그 대답은 감춘다.

시는 자세하게 말하는 듯하지만, 실은 그것이 차마 자세하게 말하지 못할 사정을 오히려 생략하는 방법일지도 모른다. 아니 거기서 그치지 않을 수도 있다. 정황의 생략 때문에 더욱 상세하게 부각되는 시간과 장소로 「민간인」이라는 제목이 설명되는 것 아닐까. "이남과 이북의 경계선"에, 곧 '국민과 인민의 사이'에서 아이가 부모의 품을 잃었다고, 그 두 개의 '민' 사이에 아이의 바다가 있다고.

그런데 이 설명이 완전히 옳을까. 마지막 시구를 읽는 일이 남아 있다. 다시 말해서 "스무 몇 해"의 세월과 "수심"을 재는 일 사이의 관계를 캐묻는 일이 남아 있다.

소박하다고 할 수 없는 그 질문에는 아마도 이런 대답이 가능하리라. 세월이 아무리 많이 흘러가도 부모의 수심愁心은 여전히 깊다고. 그래서 20여년이 지나도 그 바다는 얼마나 깊을까, 그 바다는 얼마나 깊을까, 하루도 빠짐없이 이렇게 묻게 된다고. 절망의 무한함 속에 들어간 사람은 '민간'에 살면서도 민간에 살지 않는다. 부모들은 '가난만' 남은 '두 겹으로 빈' 자리에 산다. 민족의 유랑이 미처 끝나지 않았던 (지금이라고 끝났는가?) 1940년대, 두 개의 권력 사이에서 아이를 울며 바다에 밀어 넣어야 했던 어른들의 비극이 형태를 달리해서 지금, 남녘 바다에서 다시 되풀이되었다. 그 바다는 한낮에도 얼마나 어두울까.

먼 나라 그리스의 시인 야니스 리초스도 딸을 잃고 시를 썼다. 딸이 바닷물 깊은 자리에서 숨을 거둔 것은 아니었으나, 부모에게 덜 처절한 자식의 죽음은 어느 땅에도 없다. 그는 침착하게 하지만 길게 썼다. 다음은 그가 쓴 「부재의 형태」라는 서른두 편의 연작시 가운데 서른 번째 작품이다.


어린이놀이터에, 작은 요람 하나 비어 있다.

루나 파크에, 목마 하나 기수 없이 서 있다.

나무 아래, 꿈에 잠겨, 그림자 하나 앉아 있다.

빛 속에, 실현되지 않는, 먼 침묵 하나.

그리고 언제나, 목소리들 웃음소리들 한가운데, 간격 하나.


연못 위에서, 오리들이 잠시 멈춘다.

아이들의 어깨 위를, 나무들 저 너머를 바라본다.

한 아이가 말없이 지나간다. 보이지 않는다.

아이의 슬픈 발자국소리만 들린다. 아이는 오지 않는다.


말 하나가 메리고라운드에서 달아나,

눈을 비비고 줄지어 선 나무들 뒤로 사라진다.

아마도 숨어 있는 소녀 곁에 동무하러 가는가,

고적한 저녁 어둠 속에, 달의 세 번째

네거리에,

가로등도 꺼진 저 은빛 막다른 골목에


　우리의 비통한 부모들에게와 마찬가지로 그리스 시인에게도 이 세상에는 무엇으로도 메울 수 없는 빈자리가 있다. 아이가 있어야 할 자리에 아이가 없다. 그 자리를 채우기만 했던 것이 아니라 만들기도 했던 아이는 그 자리를 비워두고 다른 곳을 향해 걸어가고 있다.

시인에게 빈자리는 언제까지나 빈자리며, 빈자리가 그 비어 있음을 지킴으로써 '부재의 형태'가 된다. 아이가 앉았던 요람이 비어 있고 그가 탔거나 타야 할 목마에 기수가 없다. 아이들의 떠드는 소리와 웃음소리 속에는 그 아이의 것이 빠져 나간 빈 간격이 있다. 그림자이며 침묵인 그 아이는 말하지 않고 보이지 않는다. 그러나 아이는 그 부재로 이 세상과 관계한다. 떠난 아이는 요람과 목마 위에, 빛과 웃음소리들 속에, 이 모든 존재들 사이에 부재의 형태를, 또는 부재의 형식을 만들었다.

아이는 보이지 않으나 슬픈 발자국소리는 들린다. 그것은 아이의 짧은 생명이 이 세상에 남긴 작은 파장이며, 살아 있는 사람들의 마음에서 떠는 울림이다. 연못의 오리들은 이 파장이 자기들을 스쳐갈 때 잠시 움직임을 멈춘다. 그 정지의 시간은 아이가 거기 있다면 오리들을 바라볼 시간이다. 오리들은 자신들의 정지에 놀란 듯 다시 고개 들어 나무들 뒤를 바라본다. 살아 있는 것들 속에도 이렇게 부재가 동작의 한 형식으로 끼어든다. 말은 사라진 소녀를 찾아 "달의 세 번째 네거리에" "은빛 막다른 골목"으로 가는데, 이 말은 물론 말이 아니라 목마이며, 말의 형식으로만 남은 말이다. 소녀는 부재의 세계에 존재의 형식을 얻음으로써 이 존재의 세계에 부재의 형식으로 남는다. 풀어 말하자면, 영원한 비극이 되어 남는다.

슬픔은 잊혀도 이 슬픔의 형식은 잊히지 않을 것이라는 말은 문학이 늘 그 이마에 붙이고 다니는 부적이다. 그러나 이 부재의 형식조차도 지금 우리에게는 사치가 아닌가. 형식을 말하기에 우리의 현실이 너무 비천하기 때문이고, 우리가 마주한 것은 죽음의 운명이 아니라 우리들의 죄악이기 때문이다.

나태와 무책임에 형식이 없듯 악의 심연에도 형식이 없다. 미뤄둔 숙제가 우리를 무력하게 만들었고, 쌓아둔 죄악이 우리를 마비시켜, 우리는 제가 할 일을 내내 누군가 해주기만 기다리며 살았다. 누군가 해줄 일은 아무도 하지 않는 일이다. 아니 기다리지도 않았다. 책 한 줄 읽지 않고도 모든 것을 다 아는 우리들은 "산다는 게 이런 것이지" 같은 말을 가장 지혜로운 말로 여기며 살았다. 죄악을 다른 죄악으로 덮으며 산 셈이다. 숨 쉴 때마다 들여다보는 핸드폰이 우리를 연결해주지 않으며, 힐링이 우리의 골병까지 치료해줄 수 없으며, 품팔이 인문학도 막장드라마도 우리의 죄를 씻어주지 않는다. 실천은 지금 이 자리의 실천일 때만 실천이다. 진정한 삶이 이곳에 없다는 말은 이 삶을 포기하자는 말이 아니라, 이 삶을 지금 이 모양으로 놓아둘 수 없다는 말이다.

10

이 비통함이 잊힐 것이 두렵다

벌건 대낮에 푸른 댓잎 같은 생명들이 우리의 눈앞에서 물속에 잠겨들었다. 물속에서 숨을 거두는 순간까지도 아이들은 어른들을 믿었다. 그 어른들이 바로 우리라는 것이 이제는 벌써 황당한 일조차 아니다. 그 참상에 가슴을 때리며 저 자신이 거대한 악 속에 침몰해 있음을 뒤늦게 깨달은 어른들이 이제 무슨 말을 한들 그 죄에서 벗어날 수 있을까. 이 비통함이 잊힐 것이 두렵고, 또다시 번들거리는 얼굴로 웃게 될 것이 두렵다. 죄악의 구렁텅이에 더 깊이 잠겨들며 죄악이 죄악인 줄도 모르고 마음이 무디어질 것이 두렵다.

우리는 또다시 아이들을 줄 세우고, 결국 따지고 보면 너는 줄을 잘 서야 한다는 뜻으로 요약될 말로 훈계를 할 것이다. 우리는 또다시 '예능'을 찾아 채널을 돌리며 우리가 잘 살고 있다고 흐뭇해할 것이다. 천년 숲이 불도저에 형체도 없이 무너져도 다른 숲이 아직 많다고 말할 것이며, 개펄에 둑을 쌓아 생명의 땅을 사막으로 만들고도 지도를 바꾸었다고 자랑할 것이다. 저 높은 크레인 위에서 한 인간이 피가 넘어오도록 소리 질러도 우리는 땅만 내려다보고 걸을 것이며, '희망퇴직'을 당하고 목매단 사람이 내 가족도 내 친척도 아닌 것을 우선 확인할 것이다. 제 삶의 터전을 지키려던 사람들이 불에 타 숨졌을 때도, 불타지 않은 사람들이 붙들려가 중형을 선고받았을 때도 우리는 그 사람들이 내가 아닌 것을 다행으로 여기지 않았던 가. 서해 페리호가 넘어진 것이 그제 일이고, 삼풍백화점이 무너진 것이 어제 일이다. 우리는 또다시 시대의 악을 세상의 풍속으로 여길 것이고, 거기서 오는 불행을 운 없는 사람들의 횡액으로만 치부할 것이며, 참화는 또다시 일어날 것이다.

무슨 말이 이 무서운 망각에서 우리를 지켜줄까.

"그동안 가난했으나 행복한 가정이었는데, 널 보내니 가난만 남았구나."

단원고의 한 학부모가 이런 말을 써서 팽목항에 내걸었다. 이 짧은 말의 밑바닥에 깔려 있을 절망감의 무한함까지 시간의 홍진 속에 가려지고 말 것이 두렵다.

우리는 전란을 만난 것도 아니고 자연재해에 휩쓸린 것도 아니다. 싸워야 할 적도, 원망해야 할 존재도 오직 우리 안에 있다. 적은 호두 껍데기보다 더 단단해진 우리의 마음속에 있으며, 제 비겁함에 낯을 붉히고도 돌아서서 웃는 우리의 나쁜 기억력 속에 있다. 칼보다 말이 더 힘 센 것은 적이 내부에 있을 때 아닌가. 죽은 혼의 가슴에 스밀 말을, 짧으나마 석삼년이라도 견딜 말을 어디서 길어 올리고 어떻게 만들어낼 수 있을까.

11

잘 가라, 아니 잘 가지 말라

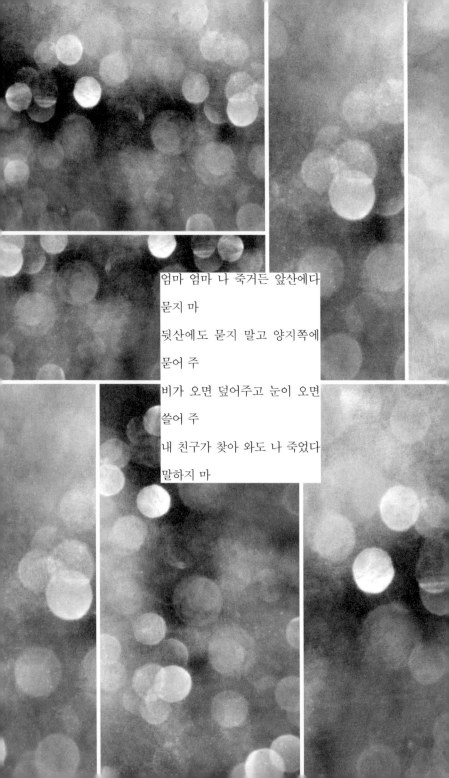

엄마 엄마 나 죽거든 앞산에다
묻지 마
뒷산에도 묻지 말고 양지쪽에
묻어 주
비가 오면 덮어주고 눈이 오면
쓸어 주
내 친구가 찾아 와도 나 죽었다
말하지 마

〈클레멘타인〉은 한국에도 잘 알려진 미국 민요 가운데 하나다. 한 소녀의 죽음을 말하는 가사가 부르기 쉬운 곡에 애조를 더한 이 노래는 천진한 사람들의 마음을 오래 끌어안을 만하다. "어느 깊은 골짜기, 동굴 집에"로 시작하는 영어 가사를 1930년대에 "넓고 넓은 바닷가에 오막살이 집 한 채"식으로 번안한 것은 소설가 박태원으로 알려져 있다. "금맥을 파는 광부와 그의 딸 클레멘타인이 살았다"라는 원 가사는 번안가사에서 "고기 잡는 아버지와 철모르는 딸"이 되었다. 이 철모르는 딸은 "바람 불던 하룻날에 아버지를 찾으러 바닷가에 나가더니 해가 져도" 오지 않았다.

우리 세대는 이 번안가사로 〈나의 사랑 클레멘타인〉과 만났다. 나와 내 친구들이 영어 가사를 익히려고 애쓴 것은 존 포드 감독의 영화 〈오 마이 달링 크레멘타인〉을 2본 동시상영관에서 감독교사들의 눈을 피해 보고 난 다음의 일이다. '포티나이너 forty-niner'가 1849년에 골드러시를 타고 캘리포니아로 모여들던 광부를 뜻한다는 것도 그때 알게 되었다.

영어 가사에서 클레멘타인이 "오리 떼를 몰고 물가에 나가" 돌부리에 발이 걸려 익사했다는 말은 골드러시 광산촌의 현실을 생각하면 오히려 목가적이다. 시에라네바다 산맥의 동쪽 산록에 자리 잡은 바디는 19세기 후반에 잠시 흥왕했던 광산촌이다. 지금은 100여 채의 집이 쓰러질 듯 남아 있는 유령마을이지만 미국의 국립역사문화재로 지정되기 전부터 폐허를 명상하려는 사람들에게 이름난 순례지가 되었다. 모험가들과 절망의 끝에 몰린 사람들이 모여들어 날마다 살인이 벌어지던 이 험악한 땅으로 가족을 따라 이주해야 했던 한 소녀는 일기에 이렇게 썼다.

"굿바이 하느님, 나는 바디로 가고 있습니다."

이 문장은 서부에 널리 알려져 이주민들의 삶을 요약하는 말이 되었다. 미국 작가 수잔 페트론의 청소년소설 『가면들을 쓰고』(2012)도 이 소녀의 일기를 토대로 삼았다. 클레멘타인은 시기적으로 이 소녀의 이모뻘이 된다.

지금은 영어 가사로도 번안가사로도 이 노래를 부르는 사람이 별로 없다. 어느 깊은 골짜기의 동굴 집도, 넓고 넓은 바닷가의 오막살이집도 사람들의 삶과 정서에서 멀어졌다. 그러나 못다 핀 생명들의 죽음은 여전하다. 가수 양희은이 〈아침이슬〉이 수록된 그녀의 첫 번째 앨범에서 〈엄마 엄마〉라는 노래를 〈클레멘타인〉의 곡조에 얹어 부른 것은 내 기억에 1971년의 일이다. 가사의 처음 일부는 이렇다.

엄마 엄마 나 잠들면 앞산에 묻지 말고
뒷산에도 묻지 말고 양지바른 곳으로
비가 오면 덮어주고 눈이 오면 쓸어주
정든 그님 오시거든 사랑했다 전해주

지금 50대 중반을 넘긴 사람들은 이 가사가 낯설지 않을 것이다. 같은 형식 같은 내용을 지닌 작가 불명의 시 한 편이 아주 오래 전에 나돌아 다녔기 때문이다.

엄마 엄마 나 죽거든 앞산에다 묻지 마
뒷산에도 묻지 말고 양지쪽에 묻어 주
비가 오면 덮어주고 눈이 오면 쓸어 주
내 친구가 찾아 와도 나 죽었다 말하지 마

연원을 알 수 없는 시들이 늘 그렇듯 이 시에도 완전하게 해명할 수 없는 말속에 못 다한 말을 담고 있다. 앞산과 뒷산에 묻지 말고 양지쪽에 묻어 달라는 말은 앞산 뒷산에 양지가 없다는 뜻이 아니라 땅에 묻히기가 그렇게도 두렵다는 뜻일 테고, 찾아오는 친구에게 제 죽음을 말하지 말라는 말은 지난날의 우정에서 영원히 따돌림을 당하기 싫다는 뜻일 테다.

이 슬픈 민중시는 특히 한국의 군인들에게 인기가 있었다. 고참 병장들은 전역일이 다가오면 '메모리'라고 부르는 추억 문집 같은 것을 만들어 제가 그렇게도 못살게 굴었던 후임 사병들에게 한 페이지씩 기억에 남을 말을 쓰게 했다. 만만한 것이 이 시였다. 아니, 꼭 만만했던 것만은 아니었다. 이 시가 문집에 보이지 않을 때는 전역할 사람이 그것을 제 손으로 써 넣기도 했다.

백혈병에 시달리던 소녀가 제 어머니에게 남긴 시라는 전설이 따라다니는 이 시를 군인들은 사랑했다. 이 사랑을 그들의 편에서 보자면, 자신들의 생명이 어이없는 죽음에 늘 노출되어 있다는 생각도 한몫했을 테지만, 그들의 마음 밑자리가 순진했기 때문이기도 할 것이다.

험악한 병영생활에서도 젊은 사람들은 세상에 아름다운 것이 있다고 믿고 싶었는데 아름다운 것은 슬픈 것에서만 찾을 수 있었다. 슬픔이 아름답기 위해서는 거기에 원한이 섞여 있지 않아야 하겠지만, 세상의 모순과 갈등이 가장 날카롭게 드러나는 자리에 서 있기에 늘 상처받는 그들의 마음에 원한이 없기를 바랄 수는 없다. 그래서 그들의 슬픈 시는 감상적인 언어를 벗어나기 어렵고 그 슬픔은 늘 죽음에 이른다.

자신이 죽거든 어떤 일을 하지 말고 어떤 일을 해달라고 부탁하는 형식의 시는 그 연원이 깊다. 영국의 여성 시인 크리스티나 로세티는 시집 『고블린 마켓』(1862)에 「노래」라는 소박한 제목의 시를 실었다. 전문을 우리말로 옮겨 적는다.


내가 죽거든, 사랑하는 사람이여
날 위해 슬픈 노래를 부르지 마셔요.
내 머리맡에 장미도 심지 말고
그늘진 삼나무도 심지 마셔요.
내 위에 푸른 잔디를 퍼지게 하여
비와 이슬에 젖게 해 주세요.

그리고 마음이 내키시면 기억해 주세요.


나는 사물의 그늘도 보지 못하고
비가 내리는 것조차 느끼지 못할 거에요.
슬픔에 잠긴 양 계속해서 울고 있는
나이팅게일의 울음소리도 듣지 못하겠지요.
뜨지도 지지도 않는
어스름 빛 너머로 꿈꾸며
아마 나는 당신을 잊지 못하겠지요.
아니, 잊을지도 몰라요.


　　이 시를 읊는 사람은 어린 소녀가 아니다. 벌써 청춘을 보내
고 30줄에 들어선 여인이다. 크리스티나 로세티는 스무 살 무
렵에 두 번 결혼할 기회가 있었지만 종교적인 이유로 성사되지
않았으며, 세 번째 남자가 나타났을 때 그녀는 이미 결혼생활
에 기대를 걸지 않는 상태였다.
　　그녀는 평생을 독신으로, 평온하게 무덤 속에 누워 있는 것
과 다르지 않은 삶을 살았다. 시에서 죽음의 세계와 삶의 세계
가 명확한 선으로 구분되지 않는 것은 그 때문이다. 시의 마지
막 부분에서 "어스름 빛"으로 옮긴 영어 '트와일라잇twilight'은
해가 뜰 무렵이라면 '여명'이고 해가 질 무렵이라면 '박명'이
겠지만, 시인의 말대로 "뜨지도 지지도 않는" 빛이기에 단지

"어스름 빛"일 뿐이다. 이 "어스름 빛"은 그녀에게서 죽기 전의 삶과 죽은 후의 삶을 동시에 요약한다. 삶에 기대하는 것이 없는 만큼 죽음에도 기대하는 것이 없었기에 그 슬픔에는 원한이 없으며, 그것을 표현하는 시의 말은 감상적인 언어를 넘어서서 관조적인 언어가 되었다.

혁명투사였던 시절의 박노해에게도 이 형식으로 쓰인 시가 한 편 있다. 시집 『참된 시작』(1993)에 실린 시 「그대 나 죽거든」의 첫 연만 적는다.


아영아영 나 죽거든

강물 위에 뿌리지 마

하늘바람에 보내지 말고

땅속에다 묻어주오

비 내리면 진 땅에다

눈 내리면 언 땅에다

까마귀 산짐승도 차마 무시라

뒷걸음쳐 피해가는 혁명가의 주검

그대 봄빛 손길로다 다독다독 묻어주오


"아영아영"은 사랑하는 사람을 부르는 개인적 언어일 것이다. 시에서 사랑하는 사람에게 부치는 당부는 화장 말고 매장을 해달라는 말로 요약된다. 앞의 시에서 시인이 자신의 장례를 다른 장례와 구별하려 했던 데 비해 이 시는 오히려 전통적인 장례를 고집하는 것처럼 보인다.

그 이유는 분명하다. 자신의 주검이 이미 다른 주검과 차별된 성질을 확보했을 것이기 때문이다. 자신의 주검은 여타의 주검과 달리 무서운 '혁명가의 주검'이다. 시인 자신의 삶은 바로 이 무서운 주검을 만드는 일에 돌진할 것이다.

그런데 이 주검을 구별하기 위해 저 낯익은 형식이 반드시 필요했을까. 오히려 그 낯익은 형식이 말의 힘을 낭비하게 하는 것은 아닐까. 시인이 시의 연을 바꾸면서 이 형식을 슬그머니 포기하는 것도 그 때문일 것이지만, 그가 감상적이라고만 여겼던 그 형식에 격렬한 투쟁의 의지를 실어 자신의 시를 다른 시와 구별하려 했다는 점은 일단 확인해둘 만하다.

그러나 슬픔이 없는 의지도 때로는 죄가 될 수 있다. 세월호가 바다에 가라앉으면서 어린 학생들을 비롯한 300여 명의 생명이 다른 세상으로 떠난 지 벌써 두 달이 넘었다. 그들을 어떻게 보낼 것이며, 그 죽음을 잊지 않기 위해 어떤 말로 어떤 노래를 불러야 할 것인가. 이 처참한 죽음을 어떻게 다른 죽음과 구분할 것인가.

질문에 답이 없다. 함께 울자고 말할 수도 없고 편히 가라고 말할 수도 없다. 가슴에 묻자니 가슴이 좁고 하늘에 묻자니 하늘이 공허하다. 이 언어의 무능함과 마음의 무능함이 대낮에 두 눈을 뜨고 그 수많은 생명들을 잃어버린 한 나라의 무능함

과 같다. 잘 가라, 아니 잘 가지 말라. 이렇게 쓰는 만사輓詞가
참으로 무능하다.

## 12

미친 사내가 건너가려던 저편 언덕, 분명 아름다울 것이다

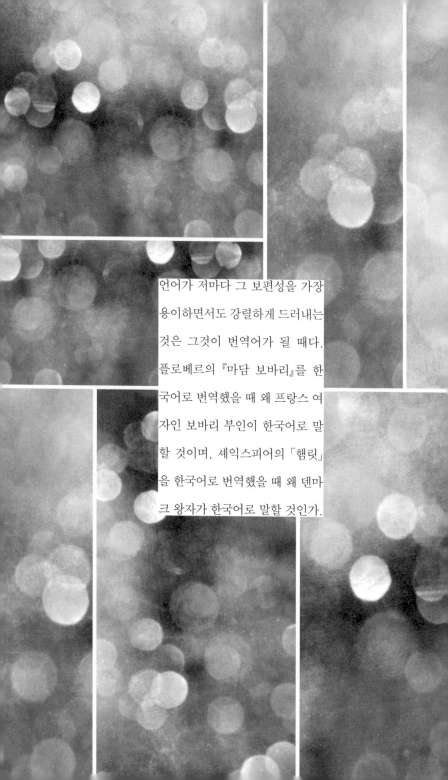

언어가 저마다 그 보편성을 가장
용이하면서도 강렬하게 드러내는
것은 그것이 번역어가 될 때다.
플로베르의 『마담 보바리』를 한
국어로 번역했을 때 왜 프랑스 여
자인 보바리 부인이 한국어로 말
할 것이며, 셰익스피어의 「햄릿」
을 한국어로 번역했을 때 왜 덴마
크 왕자가 한국어로 말할 것인가.

옛날 북녘 나루터에서 머리털이 하얗게 샌 미친 남자가 술병을 들고 무모하게 강을 건너다 물에 빠져 죽었다. 그를 만류하던 그의 아내도 그가 죽자 슬픈 노래를 부르고 물에 스스로 몸을 던져 죽었다. 뱃사공 곽리자고가 그 장면을 목격했고, 그 목격담을 들은 사공의 아내 여옥은 광인의 아내가 불렀을 애처로운 노래를 악기 공후의 가락에 실어 불렀다. 「공무도하가」의 배경설화는 그처럼 슬픈 이야기지만, 널리 알려지고 자주 들은 이야기라 그 슬픔이 묽어지기도 했다. 4언4구의 한시로 채록되어 중국의 옛 문헌에 소개되었다가 다시 한국의 여러 문헌에 실리게 되었다는 이 노래를 김인환 교수의 번역을 앞세워 싣는다.

님은 그 물 건너지 마오           公無渡河
님은 그예 건너시었네             公竟渡河
물에 빠져 시어지시니             墮河而死
님을 장차 어이하올꼬             當奈公何

우리는 학창시절 이 감동스러운 노래와 설화를 들으며 이런저런 의문이 없지 않았지만 옛 이야기나 옛 노래가 다 그렇다는 생각으로 대답을 대신했다. 백수광부는 단지 술에 취한 것일까 정말로 미친 것일까. 그는 왜 물을 건너려 했을까. 목격자인 곽리자고는 뱃사공이었다는데 왜 두 사람의 죽음을 보고만 있었을까. 공후 같은 고급 악기를 뱃사공의 아내가 지니거나 연주할 수 있었을까. 이런 의문을 우리는 소홀하게 넘겼지만 전문연구자들까지 그럴 수는 없었다.

김인환 교수는 지금은 폐간된 잡지《포에지》에 한국의 고전 시가에 관한 글을 연재하면서, 이「공무도하가」의 연구사를 요약하는 말로 그에 대한 이해의 폭을 넓혔다. 인용이 조금 길어지겠다.

"술에 취한 사내는 한나라의 식민통치에 저항한 독립지사라는 해석이 있었다. 고구려의 적극적인 압박(AD 23)이 시작되기 훨씬 전에 토호인 왕조王調의 반항 운동이 7년이나 계속되었으며, 그 후에도 토착 사회의 반란이 끊이지 않았다. 그가 권위를 잃은 무당이라는 해석도 있었다. 유학에 기반을 둔 중국식 통치 질서가 무당을 배격하자 그는 죽음을 선택했으며 그의 아내도 슬픈 감정을 즉시 굿노래 가락에 얹어 넋두리로 부를 수 있는 무당이었다는 것이다. 어떤 학자는 이야기 전부를 곽리자고의 허구적 창작이라고 해석했다. 뱃사공이 일의 피로를 덜기 위하여 이야기 한 머리를 꾸며내어 여옥에게 들려주었다는 것도 있음직한 일이다. 텔레비전 앞에 수동적인 바보로 앉아 있는 우리로서는 상상하기 어려운 일이겠지만, 바로 얼마 전만하여도 농민은 음악의 소비자가 아니라 생산자였다. 여옥이 뜯었다는 공후는 후대의 스물 세 줄짜리 공후가 아니라 일곱 줄로 된 민속악기였을 것이다."

김 교수는 이런 해석 가운데 어느 쪽도 편들지 않았다. 다만 "이 배경 설화가 노래의 탄생에 대해 이야기하고 있다는 사실"만은 확실하다고 했다. 설화의 중심선이 "어디까지나 여옥이 노래를 부르게 되는 지점을 향하여 나아가고 있다"는 점을 지적하고, 곽리자고는 여옥이 노래할 수 있도록 그에 적합한 상황과 분위기를 만들어주었으며, 두 남녀의 죽음은 노래를 완성할 수 있도록 여옥의 상상력에 충격을 준 소재라고 설명했다. "하나의 노래가 이 세상에 나오기가 얼마나 어려운 일인가를" 이 설화를 통해 헤아려 볼 수 있다고도 했다.

이 신중하면서도 현명한 설명은 전문가가 아니기에 크게 책망당할 일이 없는 나 같은 사람에게 훨씬 더 무모한 생각을 품게도 한다. 사람들은 배경설화를 통해 이 노래를 설명하려고 하지만, 어쩌면 옛날 중국인들이 조선에서 흘러들어온 이 노래를 설명하기 위한 이런 설화를 거꾸로 꾸며낸 것은 아니었을까 하는 생각이다.

한편으로 나는 「공무도하가」에 생각이 미칠 때마다, 내 동무들이 어린 시절 냇가에서 잠자리를 잡으며 부르던 노래가 떠오른다. 잠자리들이 떼 지어 나는 물가에서, 아이들은 왕잠자리 암컷을 실에 매달아 머리 위로 띄워 올리고, 때로는 쉽게 잡히지 않는 암컷 대신 수컷에 호박꽃가루를 발라 암컷으로 속이고, 수컷들이 그 암컷 또는 가짜 암컷에 달라붙기를 기다리며 이렇게 노래 불렀다.


　　잠자리야 잠자리야 물 건너지 말아라

　　물 건너다 맥 빠지면 물에 빠져 너 죽는다

　　물에 빠져 너 죽으면 늙은 에미 어찌 사나


　　높임말 대신 반말을 쓰고, 과거시제 하나를 가정표현으로 바꾸면 저 여옥의 노래와 잠자리 동요는 얼추 같은 것이 된다. 지금 내가 상상력을 폭넓게 자극하는「공무도하가」의 뿌리를 이런 회유와 협박의 주술 노래에서 찾겠다고 하면 백수광부보다 더 무모한 사람이 될 것이다. 그러나 이 구전동요가 한문이나 다른 외국어로 번역되었더라면 공후를 켜고 불러야 할 노래 못지않게 강한 암시의 힘과 고결한 울림을 얻었을 것이며, 그래서 고전이 지닌 보편성의 위의를 갖추기도 하였을 것이라고는 백 번이라도 말할 수 있다. 번역의 힘이 바로 그런 것이라고 주장할 수도 있다.

　　외국 사람은 우리의 문학작품을 제 나라 말로 번역하겠지만, 우리는 외국어로 쓰인 작품을 우리의 모국어로 번역한다. 이때 모국어는 모국어이면서 동시에 모국어를 넘어서서 어떤 보편언어의 성격을 지닌다. 보편언어라는 말이 조금 불편할 수도 있겠다.

이런 예를 들자. 한국에서도 크게 인기를 끌었던 미국 드라마 〈왕좌의 게임〉은 가상의 시간에 가상의 땅에 할거하는 중세풍의 일곱 개 국가와 몇몇 하위 국가들이 그 연맹국가인 칠왕국의 통치권을 놓고 치르는 길고 복잡한 전쟁을 소재로 삼고 있다. 그 가상의 일곱 나라는 하나의 공용어를 사용한다. 미국 드라마인 만큼 그 공용어를 영어가 대신하고 있지만, 이때 영어는 저 가상언어에 대한 '영어 더빙'의 성격에서 벗어날 수 없다. 영어로 대체되는 저 언어는 일곱 왕국이 서로 소통하는 언어일 뿐만 아니라 그 가상의 시대 가상의 땅과 우리 시대 우리의 땅을 연결하는 언어라는 점에서 보편적 성격을 지닌다. 이때 드라마에서 어쩔 수 없이 영어로 표현되는 보편성은 모든 언어에 내재하는 보편성이라고 말해야 한다.

　언어가 저마다 그 보편성을 가장 용이하면서도 강렬하게 드러내는 것은 그것이 번역어가 될 때다. 플로베르의 『마담 보바리』를 한국어로 번역했을 때 왜 프랑스 여자인 보바리 부인이 한국어로 말할 것이며, 셰익스피어의 「햄릿」을 한국어로 번역했을 때 왜 덴마크 왕자가 한국어로 말할 것인가. 이때 한국어는 그 주인공들이 한 시대의 프랑스어나 덴마크어나 영어가 아닌 어떤 가상의 보편언어로 말했을 때의 그 보편언어를 대신하는 말이다. 그래서 한국어로 된 이 번역 언어는 프랑스어와 덴마크어와 영어를 넘어설 뿐 아니라 한국어를 또한 넘어선다.

　보편언어라는 생각 자체가 바로 거기서 출발한다. 문학의 언어는, 특히 시의 언어는 현실의 비천함이 어떠하건 거기에 위엄을 부여한다는 점에서 우리가 번역어에서 발견하는 것과 동일한 보편성을 지닌다.

보편성은 특수한 사정에 매달리지 않는다. 우리가 어린 시절 잠자리를 호리기 위해 불렀던 노래가 어떤 다른 언어로 번역되어 저 「공무도하가」 못지않게 강한 암시의 힘과 고결한 울림을 얻고, 그래서 고전이 지닌 보편성의 위의를 갖게 된다면, 그것은 우리 어린 시절의 맷물 흐르던 가난이 번역을 통해 정제되었거나 가려졌기 때문이다. 그렇다고 번역어의 보편성이 우리의 현실을 배반하고 허위의 현실을 그 위에 덧씌운다는 말은 아니다. 오히려 우리의 가난했던 현실 한 가닥 한 가닥이 저 고전적 위의와 연결될 수 있고, 저 보편적인 것의 고결한 울림 속에 우리의 맷물이 고스란히 내장될 수 있음을 번역과 번역어가 특별한 방식으로 일깨워준다는 뜻이다.

백수광부는 아내의 만류를 뿌리치고 물을 건넜으며, 우리가 노리던 잠자리들도 대개는 우리의 회유와 공갈을 무시하거나 알아듣지 못하고 냇가 저편 언덕으로 날아갔다. 어쩌면 문학은 붙잡는 사람과 뿌리치고 떠나는 사람의 이야기로 시작하고 끝난다고 말해야 할지도 모르겠다. 한쪽에는 이렇게라도 살아야 한다는 사람이 있고, 다른 쪽에는 이렇게밖에는 살 수 없는지 제 눈으로 직접 알아봐야겠다는 사람이 있다.

어떤 시인은 제 고향보다 처음 보는 땅을 더 친근한 시선으로 그렸고, 어떤 시인은 미지의 밑바닥까지 새로운 것을 찾기 위해 잠겨들겠다고 했다. 그것은 죽음 속에 뛰어들겠다는 말과 다른 것이 아니다. 그러나 저편 언덕도 이편 언덕에서 출발해야 하니, 이편 언덕이 있어야 저편 언덕이 있다. 잠자리 노래가 있어야 「공무도하가」도 있다는 뜻이다.

물 건너지 말라는 아이들의 협박은 물을 건너지 못하는 모든 사람들의 한탄일 수 있으며, 한탄하는 사람들의 실패담은 또 하나의 삶이 가능하다는 강력한 증거일 수 있다. 그래서 또 하나의 세계가 지녔을 아름다움과 질서를 이 세상의 불결함과 혼란보다 더 잘 증명해주는 것은 없다. 문학은 그 증명의 절차를 번역이라고 부른다.

13

창조와 희생

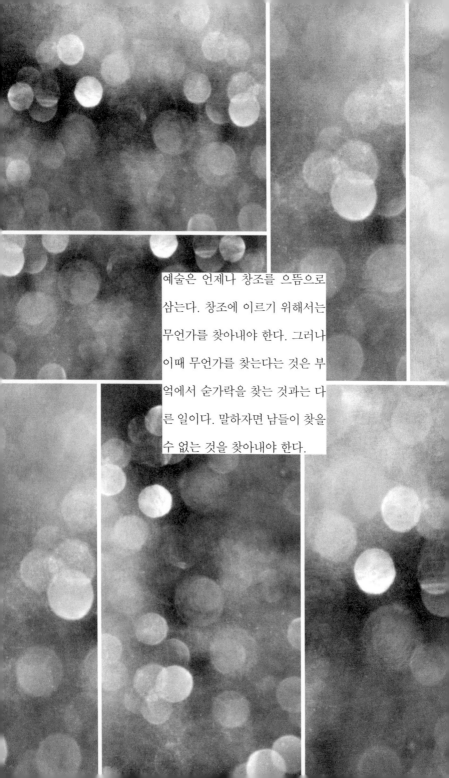

예술은 언제나 창조를 으뜸으로
삼는다. 창조에 이르기 위해서는
무언가를 찾아내야 한다. 그러나
이때 무언가를 찾는다는 것은 부
엌에서 숟가락을 찾는 것과는 다
른 일이다. 말하자면 남들이 찾을
수 없는 것을 찾아내야 한다.

소년은 그림을 잘 그렸다. 소년은 가끔 추상화를 그렸고, 그래서 낙제점을 받곤 했다. 그러나 소년은 조금도 언짢아하지 않았는데, 그것이 바로 예술에 바치는 희생이라고 생각했기 때문이다. 소년의 외삼촌은 소년에게 곧잘 말했다. 무슨 일에나 희생이 있기 마련이고, 예술의 경우에는 특히 그렇다고. 옛 소비에트 연방의 작가 유리 콜리네츠의 청소년소설『미사네 외삼촌』의 한 대목을 내 식으로 풀어 쓴 이야기다.

예술은 언제나 창조를 으뜸으로 삼는다. 창조에 이르기 위해서는 무언가를 찾아내야 한다. 그러나 이때 무언가를 찾는다는 것은 부엌에서 숟가락을 찾는 것과는 다른 일이다. 말하자면 남들이 찾을 수 없는 것을 찾아내야 한다. 그렇다고 해서 소풍날의 보물찾기 같은 것도 아니다. 보물찾기에서도 다른 아이들이 못 찾는 보물을 찾는 아이가 있지만, 그것은 우연에 불과하고 보물을 찾는 아이는 늘 바뀔 수 있다. 다른 아이가 아닌 그 아이가 보물을 찾았다고 해서 그 아이의 삶도 세상도 바뀌지 않는다.

아니 어쩌면 예술이라는 이름을 걸고 찾아야 할 것은 부엌의 숟가락이거나 소풍날의 보물인 종이딱지일지도 모른다. 숟가락이나 보물딱지는 그 이상의 것일지 모른다. 모파상은 자기 스승 플로베르의 말을 빌려 "어떤 사물이건 그 사물에 맞는 단

하나의 표현이 있다"고 했다. 유명한 '일물일어설一物一語說'이 그것이다.

우리는 다른 사람들이 이미 보고 이미 말한 그대로 사물을 본다. 옛날에 사람들은 바다에서 물결을 보았고, 그래서 '물결치는 바다'라는 말을 썼다. 뒷사람들은 '물결치는 바다'라는 말이 귀에 익어서 바다에서 물결만을 보려고 한다. 그 진부한 표현들을 버리고 진부한 시선을 바꾸어 오래 사물을 보고 있으면 그 사물이 새롭게 눈에 들어오고, 그래서 새로워진 사물을 표현할 수 있는 '단 하나의 말'을 찾을 수 있게 된다고 저 프랑스의 소설가는 말했다. 숟가락과 보물딱지로 다시 돌아오면, 이제까지 그것들을 오래 들여다본 사람이 없었기에 숟가락은 여전히 숟가락일 뿐이고, 보물딱지는 여전히 보물딱지일 뿐이라고 말해야겠다.

사물을 새롭게 본다는 것은 말이 쉽지 지극히 고통스러운 일이다. 오래 기다려야 하고, 사물에 자신의 온갖 신경을 다 바치면서 쉬지 않고 생각해야 한다. 그러나 저 러시아의 소년과 그의 외삼촌이 말하는 '예술의 희생'은 그 고통에서 그치지 않는다. 위에서 말한 '단 하나의 표현'은 이미 있었던 모든 표현에 첨가되는 또 하나의 표현이 아니라, 인간이 사물을 보는 방식을 바꾸고, 인간과 사물의 관계를 바꾸고, 그래서 끝내는 인생관과 세계관을 바꾸는 말이 된다.

사람들은 예술을 사랑한다고 말하지만 한 편의 시 때문에, 한 폭의 그림 때문에 세상이 갑자기 낯선 것이 되어버리기를 원하지 않을뿐더러 차라리 끔찍하게 여긴다. 그래서 추상화를 그린 소년은 고지식한 선생에게 낙제점을 받는다. 소년은 벌써 제 예술 때문에 희생자가 되어 있다.

세상이 낯설어진다는 말이 의심스러운가. 그러나 이 말은 과장이 아니다. 세상은 원래 낯선 것이기 때문이다.

철학자 알랭은 농부가 보는 세상과 선원이 보는 세상을 비교했다. 농부는 자연이 마련해준 땅 위에 집을 짓고 밭과 논을 일구고 그 사이에 길을 낸다. 하늘에서 내리는 햇볕과 비에 맞추어 씨를 뿌리고 씨앗을 거둔다. 세계는 그 농업의 동업자와 같다. 그에게 세계는 인간을 위해 만들어졌다. 가뭄이 들거나 홍수가 나기도 하지만 그것은 잠시 인간을 위협하고 지나가는 재난일 뿐이다. 낯익은 세계는 늘 다시 복구된다. 그에게 세계는 인간을 위해 만들어졌을 뿐만 아니라 최상의 상태로 만들어졌고, 그 최상의 상태는 언제까지나 지속된다.

그러나 그가 배를 타고 일단 난바다로 나가게 되면 세계가 인간을 위해 만들어졌다는 생각을 더는 고집할 수 없다. 그가 만나게 되는 것은 끝없이 펼쳐진 바닷물이며, 언제라도 배를 뒤집을 수 있는 거대한 물너울이며, 물속에 숨어 있는 암초이며, 예고 없이 불어오는 돌풍이다. 인간을 위해 만들어진 것은 아무것도 없다. 그는 일순간도 쉬지 않고 투쟁해야 한다. 배를 띄울 잔잔한 물이나 순풍이 없는 것은 아니지만, 그것은 괴물이 잠든 사이에 몰래 훔쳐낸 덧없는 기회에 불과하다. 그는 아무런 우군도 없이 물질이 날카롭게 날을 세운 세계에 내던져진 것이다. 농부는 낯익은 자연 속에서 그 자연이 만들어놓은 디자인 속에서 살지만, 선원은 허허로운 물질 속에서 제가 만드는 디자인으로 물질과 싸운다.

예술가의 일은 농부들의 세계에 선원들의 세계를 끌어들이는 것과 같다. 사람들은 이미 준비된 디자인을 유일한 것으로 여기고 거기 묻혀 살지만, 예술가는 그 디자인 속에서 행복하지 않다. 그가 보기에 이 디자인은 세상의 참 모습이 아니다. 세상의 눈가리개에 불과한 이 디자인은 필요 없이 거추장스럽고 또한 미래의 씩씩한 삶을 끌어안기에는 너무나 허술하다.

그래서 그는 또 하나의 인간 디자인을 이 세계에 들고 들어오려는 사람이다. 그의 디자인은 낯설다. 다른 사람들에게 낯설 뿐만 아니라 그 자신에게조차 낯설기에, 그 낯선 세계의 최초 희생자는 그 자신이기도 하다. 낯익은 세계에 낯선 세계를 연결해야 하는 고역 또한 그의 희생이다. 이 희생을 생각하며, 한용운 선생의 시 「당신이 가신 때」를 시집 『님의 침묵』에서 읽는다.


　당신이 가실 때 나는 다른 시골에 병들어 누워서 이별의 키스도 못하였습니다
　그때는 가을바람이 처음으로 나서 단풍이 한 가지에 두서너 잎이 붉었습니다

나는 영원의 시간에서 당신 가신 때를 끊어내겠습니다 그러면 시간은 두 토막이 납니다

　시간의 한 끝은 당신이 가지고 한 끝은 내가 가졌다가 당신의 손과 나의 손과 마주 잡을 때에 가만히 이어 놓겠습니다

　그러면 붓대를 잡고 남의 불행한 일만을 쓰려고 기다리는 사람들도 당신의 가신 때는 쓰지 못할 것입니다

　나는 영원의 시간에서 당신 가신 때를 끊어내겠습니다


　시는 기이한 상상을 담고 있지만, 그것을 이해하기는 크게 어렵지 않다. 시간을 끝없이 긴 한 폭의 비단으로 생각하자. 그 비단은 아름답지만 수선하기 어려운 상처를 지니고 있다. "당신이 가신 때"가 바로 그 상처다. 말을 바꾸자면 님과 이별했다는 기억이 그 시간의 상처다. 시인은 이 시간의 비단에서 상처 난 부분을 잘라버리기로 결심한다. 이 결심이 실행되면 상처는 사라지겠지만 한 폭의 비단은 두 조각으로 나누어질 것이니, 비단은 더 큰 상처를 입게 되는 것이 아닐까.

　시인에게는 또 다른 계책이 있다. 두 토막 난 비단의 이쪽 조각에는 내가 있고 저쪽 조각에는 님이 있으니 님과 내가 손을 맞잡고 서로 당기면 비단은 다시 하나로 이어질 것이다. 님과 내가 이별했다는 기억, 바로 그 시간의 상처가 그렇게 사라질 것이다. 아니 이별은 일어나지도 않은 사건이 될 것이다. 님과 나는 늘 함께 있었으며, 영원히 함께 있게 되리라. 어찌 당신이

"가신 때"를 끊어내지 않을 수 있겠는가.

그러나 의문은 남는다. 시인이 이별한 님과 어떻게 만날 수 있을 것이며, 두 토막 난 시간을 잇댄다 한들 어떻게 헌 데 아문 데 없이 하나가 될 수 있을 것인가. 문학은 이런 물음에 답이 궁하지 않다. 앞의 질문에 대해서는 님을 기필코 만나리라는 '믿음에 의해서'라는 대답이 있고, 뒤의 질문에 대해서는 님과 나의 '사랑에 의해서'라는 대답이 있다. 그런데 정직한 당신은 또 묻는다. 사랑과 믿음은 정말 존재하는 것이며, 존재하지 않는다면 어떻게 만들어지는 것인가.

이제 우리가 대답할 차례다. 시를 다시 읽는다. 님은 이 세계에 없었다. 시인은 님이 늘 자기 곁에 있다고 믿었는데, 어느 날 시골에서 병든 몸으로 눈 떠보니 그것이 거짓인 것을 알았다. 님이 거기 있는 디자인에 오래 길들었던 그에게 그 허위의 님이 사라지니 그 디자인도 사라졌다. 세상은 처음 배를 타고 먼 바다로 나간 선원에게 그렇듯 황량한 풍경으로 가득하다. 이제 님이 없으니 님의 일을 내가 해야 한다는 다짐이야말로 님과 내가 만나리라는 믿음이 아니고 무엇이겠는가. 오히려 님이 없기에 비로소 님이 있는 세계의 디자인이 가능하다는 생각이야말로 님과 나의 사랑이 아니고 무엇이겠는가. 만해 선사는 또 한 세상의 디자인을 생각한다.

세월호 희생자의 가족들은 인천에서 배 떠나던 그 시간을 "영원의 시간"에서 지우고 싶어 잠을 자도 잠들지 못할 것이다. 그러나 그 몸서리치는 기억을 누가 지울 수 있겠는가. 예술의 희생보다 세상의 희생이 먼저 있다. 예술이 세상을 낯선 것으로 만드는 것이 아니라 세상이 갑자기 낯선 것이 되어버린 사람들을 위해 예술이 있다. 예술에 희생이 따르는 것이 아니라 희생 뒤에 겨우 예술이 있다. 믿음과 사람이 그렇게 어렵고, 믿음과 사랑이 그렇게 절박하다.

14

폭력 무한

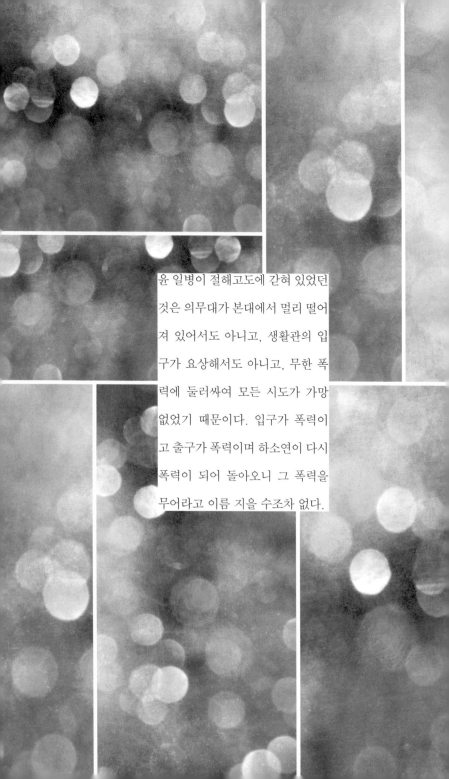

윤 일병이 절해고도에 갇혀 있었던 것은 의무대가 본대에서 멀리 떨어져 있어서도 아니고, 생활관의 입구가 요상해서도 아니고, 무한 폭력에 둘러싸여 모든 시도가 가망 없었기 때문이다. 입구가 폭력이고 출구가 폭력이며 하소연이 다시 폭력이 되어 돌아오니 그 폭력을 무어라고 이름 지을 수조차 없다.

이메일로 사진 한 장을 받았다. '이 병장과 병사들'의 사진이다. 이런 사진을 주고받는다는 게 옳은 일일 수 없고 법에 저촉될 가능성도 있지만, 이미 엎질러진 물이니 그 면면을 살펴보지 않을 수 없다. 사진의 한복판을 조금 비껴서 문제의 이 병장이 있고 다른 일곱 병사가 그를 둘러싼 구도다. 얼굴이 모자이크로 가려진 세 사람은 아마도 윤 일병 참사와 직접적인 관련이 없는 인물들일 듯싶다.

선입관 때문인지는 모르겠으나 이 병장에게서는 완강하고 자신만만한 품새가 느껴진다. 그리고 사진 전체에는 화통한 분위기에 어떤 열기 같은 것이 떠돈다. 그들은 자신들의 철통같은 단결을 뽐내거나 뽐내는 척했을 것이며 자신들이 사나이, 그것도 '진짜 사나이'라고 믿거나 믿는 척했을 것이다.

윤 일병이 밤낮으로 폭행을 당했다기보다는 차라리 고문을 받은 것이 하루 이틀도 아니었는데, 저마다 방조하거나 방관할 뿐이었던 저간의 사정이 이로써 설명될 수 있을지 모르겠다. 고참병이건 신참병이건 지혜롭고 용감한 병사가 한 명만 있었더라도 상황은 달라지지 않았을까. 아마도 달라졌겠지만 달라진 상황 역시 폭력의 표적이 바뀔 뿐 진정으로 비극에서 멀리 벗어났으리라고 장담하기는 어렵다. 어쩌면 벌써 심각해진 폭력이 더욱 거대한 폭력으로 치달았을지도 모른다. 군대문화에서, 아니 우리 사회 전체의 문화에서, 폭력은 이미 내면화되어 있기 때문이다.

이 점에서 국군양주병원장으로 군대 인권교육을 했다는 어느 대령의 발언만으로도 많은 것을 알게 된다. 그에게는 세월호의 참사도 윤 일병의 죽음도 하나의 말썽거리일 뿐이었다. 인권에 관해서라면, 사람이 사람으로 대접받을 권리가 그것이라는 정도의 생각조차도 그의 말에서는 발견할 수 없으니, 사람인 병사들은 "빌미를 제공하지" 않을 정도로 적당히 관리해야 할 사건이나 물건의 수준으로 떨어질 수밖에 없다. 그에 따르면 이 병장의 온갖 행업은 몸서리치는 폭력이 아니라 "소나기를 피해갈" 줄 모르는 서투름에 불과했다. 그는 월남전과 관련하여 "잔혹행위라도 해서 살아남는 게 땡"이며 그것을 윤리적으로 비판하기 어렵다고 주장함으로써 폭력 근절이 불가능함을 말하는 데 더하여 폭력의 필요성까지 암시했다. 이는 폭력이 벌써 한 조직과 한 사회의 의식 속에 내면화하였음을 그자신이 인정한 것이나 같고, 그 조직과 사회의 관리 원칙을 폭력에서 찾은 것이나 같다.

더욱 문제는 그 대령에게 쏟아지는 비난에 대해 "말은 옳은 말인데 시기가 적절하지 않았다"고 생각할 사람이 한둘에 그치지 않는다는 것이다. 이 끔찍한 사건을 가능한 한 감추거나 축소하려고 했던 책임자들은 그 대령과 얼마나 다를 것인가. 세월호 희생자의 학부모를 노숙자로 비유한 모 국회의원이나, 단식 농성하는 학부모들이 왜 병원에 실려 가지 않느냐고 이상한

'염려'를 했던 모 국회의원이 이 병장과 어떻게 다르냐고 묻는다면, 당사자들이야 화를 내겠지만, 희생자들의 고통에 둔감하다는 점에서는 그 의원들과 이 병장과 저 대령 사이에 큰 차이를 발견하기 어렵다. 덧붙여야 할 말이 있다. 윤 일병의 참사를 알리는 기사의 댓글들도 폭력적이기는 마찬가지다. 모두가 착한 사람들일 '댓글러들'에게는 미안한 말이고, 죄는 미워하되 사람은 미워하지 말라는 잠언이야 실천하기 어려운 것이 사실이지만, 사회가 이 병장의 행악을 그에게 그대로 되돌려주기를 바라며 착한 사람들이 저 훌륭한 잠언의 반대편에 서려 할 때, 폭력의 주체가 누구라고 말해야 할까. 내면화는 일상화다. 폭력은 이렇게 한 세계의 내면이 되고 일상이 되었다.

소나기가 내리는 동안 압축 저장된 폭력은 사회정치적 환경에서 민주 역량이 줄어들거나 맥을 잃을 경우, 검은 안개의 무리가 되어 사람들을 더욱 험악하게 습격한다. 앞에도 폭력이고 뒤에도 폭력이다. 땅에도 폭력이고 하늘에도 폭력이다. 윤 일병이 절해고도에 갇혀 있었던 것은 의무대가 본대에서 멀리 떨어져 있어서도 아니고, 생활관의 입구가 요상해서도 아니고, 무한 폭력에 둘러싸여 모든 시도가 가망 없었기 때문이다. 입구가 폭력이고 출구가 폭력이며 하소연이 다시 폭력이 되어 돌아오니 그 폭력을 무어라고 이름 지을 수조차 없다.

앙리 미쇼는 「거대전투」(1927)라는 시를 썼다. 거대하고 끝없는 폭력에 관한 서사인데, 그 폭력행위 하나하나에 이름을 붙일 수 없어 새로운 낱말들을 만들어내었다. 이를테면 '거칠게 문지르다'는 뜻의 racler와 비슷한 낱말 raguer를 만들었다.
그것을 '쭈물떡하다'로 번역해도 될까. '가루'라는 뜻의
poudre에 가까운 pudre를 넣어 espudriner라는 낱말을 만들었
다. '뽀사불다'라는 번역어가 가능할까. 아무튼 우리도 새로운
낱말을 만들어가며 이 시「거대전투」를 가능한 한 그럴 듯하게
번역해보자.


놈은 녀석을 낚아울러대 땅바닥에 등짝빡치고,

놈은 녀석을 쭈물떡하고 꼬르락까지 개상직이고,

놈은 녀석을 쪽팍뭉게고 아갈치고 녀석의 귀쌈 으르때리고

놈은 녀석을 쌔리박고쳐 폭시가마솥하고,

하는 일마다 쩍에다 갈아대고 갈에다 쩍어댄다.

마침내 놈은 녀석을 껍질창시뺀다.

상대 녀석은 우면좌면, 뽀사지고, 흩어지고, 비틀꼬지고, 스
러진다.

이러다 녀석은 끝장 보겠다

녀석은 저를 추스르고 쪼갈맞추고…… 그러나 헛일이다.

그리도 내내 굴러가던 굴렁쇠가 넘어진다.

아브라! 아브라! 아브라!

발이 무너졌다!

팔이 부러졌다!

피가 흘렀다!

뒤져보고, 뒤져보고, 뒤져보라
녀석의 배 그 냄비에 거대 비밀이 하나 있단다
손수건에 파묻혀 울고 있는 주변의 할망구들아,
질겁하고, 질겁하고, 질겁해서
그대들을 바라본다
또한 찾기도 한다, 우리들은, 저 '거대 비밀'을.


　가해자는 측량할 길 없는, 그래서 이름 지을 수 없는 폭력을 모두 동원하여 희생자의 생명을 위협한다. '놈'과 '녀석'의 신원은 밝혀지지 않는다. 그 둘은 모두 폭력에 사로잡혀 있으며, 한쪽이 능동적이고 다른 쪽이 수동적이라는 것이 다를 뿐이다. 희생자가 적극적으로 하는 일은 "아브라! 아브라! 아브라!" 소리 지르는 것뿐이다. 신이나 구원해줄 사람을 부르는 것일까. 혼미하여 내지르는 외마디 소리일까.
　구원의 요청이건 필사적인 비명이건 효력이 없기는 마찬가지다. (윤 일병은 이러한 비명조차 지르지 못했던 것 같다.) 그에게 관심을 보이는 사람은 마음 약해 울며 무력하게 주변을 떠도는 "할망구들"밖에 없다. 그러나 그 무력한 슬픔을 겁에 질린 마음으로라도 지켜보는 시선이 없는 것은 아니며, 시인이 또한 그 "할망구들"에게 희생자의 내장을 뒤져 "거대 비밀"을 찾아보라고 권하기도 한다. 폭력으로 파괴된 내장 속에 무슨 비밀이, 그것도 거대하게, 남아 있을까. 무슨 비밀이라도 남아 있기를 바라는 구경꾼들의 희망만 남아서 모호하게 떠도는 것이 아닐까. 판도라의 상자 속에 남아 있다는 희망이 그런 것 아닐까. 그러나 질겁하며 관망하던 사람들도, 곧 "우리들"도, 마음 약한 노파들을 뒤따라 그 비밀을 찾겠다고 다짐하며, 비밀은 마침내 진정한 "거대 비밀", 곧 모든 사람들의 희망이 된다.(마지막 시구의 "거대 비밀"은 원문에서 대문자로 쓰였다.) 이 점에서 저 파괴된 내장에 거대한 비밀이 있기를 바라는 마음은 민주적이다. 민주주의는 항상 민감한 마음에서 시작해 "우리들"의 마음이 된다.

문제는 또 다시 민주주의다. 우리 시대의 거대 폭력에는 민생이라는 말로 민주의 입을 틀어막으려는 모든 주장과 행티도 포함된다. 포함될 뿐만 아니라 첫 자리를 차지한다. 민주와 민생을 따로 떼어놓으려는 시도는 "맞고 살래, 굶어 죽을래?"라고 묻는 것과 같고, 노상강도가 육혈포를 들이대고 "돈이 중하냐 생명이 중하냐?" 묻는 것과 그 근본에서 다르지 않다. 윤 일병은 굶어죽기 전에 맞아 죽었으며, 다른 여러 병사들은 맞아 죽기 전에 스스로 목숨을 끊었다. 찾아야 할 비밀도, 찾게 될 비밀도 민주주의다.

우리가 저 시체들을 끌어안고 비밀 찾기를 포기한다면, 우리는 희망하지 않는 셈이 된다. 희망하지 않는 데 그치지 않고 희망 자체가 없어진다. 그래서 나는 높고 낮은 지휘관들에게 이렇게 묻고 말한다.

병사들을 관리하기가 어려운가. 그렇다면 인간의 권리를 생

각하고 민주주의를 생각하라. 낮에만 생각하지 말고 밤에도 생
각하라. 생각하기 어려우면 생각하는 척이라도 하라. 그렇게라
도 하다보면 마침내 생각을 하게 될 것이다. 다시 말하건대, 문
제도 민주주의고 해답도 민주주의다.

## 15

길 떠나는 가족

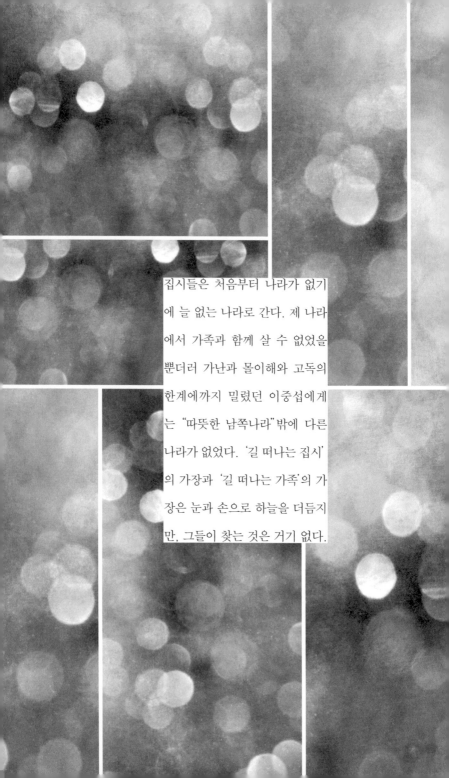

집시들은 처음부터 나라가 없기에 늘 없는 나라로 간다. 제 나라에서 가족과 함께 살 수 없었을 뿐더러 가난과 몰이해와 고독의 한계에까지 밀렸던 이중섭에게는 "따뜻한 남쪽나라" 밖에 다른 나라가 없었다. '길 떠나는 집시'의 가장과 '길 떠나는 가족'의 가장은 눈과 손으로 하늘을 더듬지만, 그들이 찾는 것은 거기 없다.

제주 이중섭미술관에는 한때 〈길 떠나는 가족〉의 복제화가 걸려 있었다. 관광객인 내가 그 그림의 세부를 살피고 있을 때, 문득 '평택'이라는 지명이 목구멍까지 올라왔다. 옛일을 더듬어보았지만 이중섭과 평택과 나를 연결시켜 줄만한 것을 찾아낼 수 없었다. 그러고는 잊어버렸던 일인데, 지난봄 평택 시립도서관에서 강연 요청을 받고 하룻밤을 자고 나니 기억이 하나 떠올랐다.

아내가 고등학교를 졸업하던 해의 일이다. 대학 입학시험의 합격 여부를 알지 못한 상태에서 평택으로 친구를 만나러 갔다. 중학교 동창의 가족이 어떤 이유에서인지 갑자기 평택으로 이주하여 거의 숨어 살고 있었다. 친구는 아내를 집에 들일 수 있는 처지가 아니었다. 한겨울 볕바른 골목길의 담벼락에 친구와 함께 기대서서 한 시간 가량 이야기를 나누다 돌아왔다고, 첫 애를 낳을 무렵 아내는 말했다. 그때 아내도 아내의 친구도 열여덟 살, 삶의 앞길에 무엇이 기다리는지 모르는 처녀들이었다. 이중섭의 그림이 주는 비통한 충격과 이 이야기를 들었을 때의 슬픔이 한데 겹쳐 저 엉뚱한 '평택'을 만들어냈던 것이 틀림없다.

이중섭의 〈길 떠나는 가족〉이 사업에 실패하여 살던 곳을 남몰래 떠나야 했던 가족의 이야기를 주제 삼은 것은 물론 아니다. 이중섭은 같은 그림을 두 번 그렸다. 그는 1955년 1월의 개인전시회를 준비하면서 그 출품작 〈길 떠나는 가족〉의 밑그림이 되는 그림을 종이에 그려 일본에 거주하는 가족에게 보냈다. 그림 밑에는 큰 아들 태현이 읽을 편지를 썼다.

"나의 태현 군, 잘 있지요? 학교의 친구들도 잘 있습니까? 아빠도 건강하게 전람회를 준비하고 있습니다. 아빠가 오늘…… '엄마, 태성 군, 태현 군이 소달구지를 타고…… 따뜻한 남쪽나라로 함께 가는 것을 그렸습니다. 소 등 위에는 구름입니다.' 그럼 몸 성히. 아빠 중섭."

편지는 "아빠"까지 일어로 쓰고, '중섭'만 그림의 서명에서처럼 한글로 풀어 썼다. 섬세한 화가는 그림의 주제를 표현하는 글과 안부 글을 구분하기 위해 인용부호를 쓰기도 했다.

소가 끄는 짐수레 위에는 세 사람이 타고 있다. 웃옷을 벗은 채 젖가슴을 드러낸 엄마는 두 팔을 양쪽으로 뻗어 수레의 앞뒤에 탄 두 아들의 다리와 등을 만지고 있다. 발가벗은 앞의 아이는 소의 꼬리에 꽃을 매달려고 애쓰고, 웃옷만 입고 수레의 뒤편에 앉아 있는 다른 아이는 두 손으로 비둘기를 놓아 보낸다. 세 사람의 시선은 각기 방향이 다르다. 꽃을 든 아들은 수레가 가는 방향 곧 앞길을 바라보고, 새를 날려 보내는 아이는 반대로 뒤쪽을 향해 살던 곳의 하늘을 쳐다본다. 엄마의 시선은 '우리는 이렇게 떠난다'고 말하려는 듯, 그림을 보는 우리들을 마주한다. 힘차게 한 쪽 앞발을 들어 올린 수소의 고삐를 거머쥐고 뒤돌아선 아버지는 그 얼굴이 정면에서 보일 정도로 고개를 한껏 젖혀 하늘을 바라본다. 높이 들어 올린 한쪽 손에 구름이 잡힐 듯하지만, 당초문을 닮은 그 신기한 구름은 얼마나 아득한 높이에 떠 있을 것인가. 수레에도 꽃이 흩어져 있고 아이의 손에도 꽃이 있고 수소의 등과 목에도 꽃줄이 드리워져 있어, 그림은 전체적으로 화사하지만, 길 떠나는 가족은 행복할까.

전시회에 나왔던 큰 그림은 같은 배경에 같은 인물들을 같은 구도로 그렸지만, 물감이 짙게 깔려, 연필로 윤곽을 그렸던 편지의 작은 그림보다 덜 선명하고 덜 화사하다. 어둠이 다 가시지 않은 새벽하늘에는 당초문의 구름 대신 붉은 구름이 길게 떠 있다. 지면의 굴곡이 더 심하고 수레의 바퀴는 흙 속에 약간 파묻혀 있다. 엄마는 웃옷을 입어 젖가슴이 보이지 않는다. (식구들끼리 볼 그림과 세간에 내놓을 그림이 그렇게 다른 것은 화가가 세상에 기대하는 것이 그만큼 작았다는 뜻도 된다.) 인물들의 얼굴은 거친 붓질 탓에 표정이 숨겨졌고 흰색으로 찍은 눈만 보인다. 시선의 방향은 두 그림이 같다. 두 아이는 여전히 수레의 앞과 뒤를 바라보지만 절규하듯 한 팔을 들어 올린 아버지는 내내 하늘을 바라본다.

화사한 그림도 덜 화사한 그림도, 그림은 슬프다. 꽃으로 장식한 수레는 상여일 뿐이라고까지는 말하지 말자. "따뜻한 남쪽나라"는 갈 수 없는 나라이며, 따라서 사실상 존재하지 않는 나라다. 가족은 길을 떠나지만 가는 곳은 없다.

나는 이중섭이 이 그림을 구상할 때도, 제목을 결정할 때도,

보들레르의 시 「길 떠나는 집시」를 염두에 두었을 것이라고 믿
는다.


눈동자 이글거리는 점쟁이 피붙이가
어제 길을 떠났다, 등짝에 어린 것들
둘러업고, 또는 저 자랑스러운 배고픔에
늘 마련된 보물, 늘어진 젖꼭지를 내맡기고.

사내들은 번쩍이는 무기를 높이 들고,
제 식구들이 웅크린 마차를 따라 걸어가며,
있지도 않는 환영을 쫓는 서글픈 아쉬움에
무거워지는 눈으로 하늘을 더듬는다.

모래 굴방 구석에서는 귀뚜라미가
지나가는 그들을 보고 두 배로 노래하고,
그들을 사랑하는 키벨레는 이 길손들 앞길에,

녹음을 북돋아, 바위에서 샘물 솟고
사막에 꽃피게 하니, 그들에게 열린 것은
컴컴한 미래의 허물없는 왕국.

먼 길 떠나는 "점쟁이 피붙이"는 물론 집시 족속을 뜻한다. 타로 카드나 별점 등을 통한 미래의 예언은 그들의 중요한 수입원이다. 그러나 자신들의 운명을 다 알 수는 없고, 알더라도 그것을 행운으로 바꿀 수는 없어서, 그들의 어린 것들은 늘 자랑이나 하듯 배고픔을 호소하며 칭얼댄다. 그들이 번쩍거리는 무기를 높이 들고 다니는 것도 국적조차 없는 그들의 앞길이 평탄하지 않기 때문이다. 점성술사인 그들은 눈을 들어 하늘을 내내 훑어보지만, 그들이 찾는 것은 아예 존재하지 않는 무엇의 환영일 뿐이고, 그 환영마저도 그들에게는 쉽게 허락되지 않는다.

그들에게 협조하는 힘이 전혀 없는 것은 아니다. 모래 구덩이에 사는 귀뚜라미가 그들을 위해 노랫소리를 드높이고, 들판과 초목을 관장하는 대지의 모신 키벨레가 그들을 위해 숲을 우거지게 하고, 바위에서도 샘물이 솟게 하고, 사막에서도 꽃이 피게 한다. 얼마나 얄궂은 협력인가. 귀뚜라미의 노래가 아무리 맑다 한들 그들이 가는 길 위의 돌멩이 하나도 치워주지 못한다. 키벨레 여신의 조력은 그들을 결국 숲에서 잠들게 하고, 샘물로 배를 채우게 하고, 사막을 헤매게 한다.

그들이 점치는 자신들의 운명은 "컴컴한 미래", 다시 말해서 알 수 없는 미래, 행운보다는 고난이 더 많을 미래다. 그러나 그 미래야말로 그들에게는 가장 낯익고 다정해서 "허물없는 왕국"이다. 보들레르에게는 그들이 예술가들의 표상이었겠지만, 현실적으로 그들은 낙관주의자가 되기로 마음먹을 수밖에 없는 슬픈 낙관주의자들이다.

집시들은 처음부터 나라가 없기에 늘 없는 나라로 간다. 제 나라에서 가족과 함께 살 수 없었을 뿐더러 가난과 몰이해와 고독의 한계에까지 밀렸던 이중섭에게는 "따뜻한 남쪽나라"밖에 다른 나라가 없었다. '길 떠나는 집시'의 가장과 '길 떠나는 가족'의 가장은 눈과 손으로 하늘을 더듬지만, 그들이 찾는 것은 거기 없다.

세월호가 바다에 침몰한 2014년 4월 16일 이후 이 나라 사람들은 나라의 하늘이 무너진 것을 염려해야 했다. 몇 백 명의 사람들과 거의 같은 수의 죽음을 태우고 배가 떠날 때, 나라는 이미 예정된 것과도 같은 그 참사를 짐작도 못했거나 방조했고, 물에 빠진 사람들이 죽음과 마지막 싸움을 벌일 때 나라는 손을 놓고 있거나 헛손질을 했다. 나라의 높은 사람들이 이 국가적 참사를 교통사고라고 불렀으니 그들도 나라가 없어졌음을 내심 고백했던 것이나 같다. 사람들이 모두 비탄에 빠졌지만 나라는 꿈쩍하는 척만 하다가 이제는 그것도 그만두었다. 지금 세월호 희생자의 학부모들은 수만 명 동조자들과 함께 단식 농성을 하며, 청와대 앞에 모여 대통령을 만나고 싶어 한다.

이 나라는 나라 없는 집시들의 땅이 아니다. 이 나라가 "컴컴한 미래"를 "허물없는 왕국"으로 여겨야 할 사람들의 땅이 될 수는 없다. 단식하는 학부모들은 저 아이들의 희생으로 나라가 나라로 다시 일어서기를 바라고 있다. 그 많은 아이들이 비명에 죽었을 때, 그들이 왜 죽었는지 알려고 먼저 안달해야 할 것은 나라다. 안달까지는 않더라도 알려는 노력 앞에 자신을 진솔하게 드러내는 나라가 나라다. 학부모들은 이 나라가 아직은 '나라'이기를 바라고 있다. 우리는 저 아이들이 그 넋이라도 따뜻한 남쪽나라에 가 있다고 믿고 싶지만, 제 나라가 있을 때만 따뜻한 남쪽나라도 있다.

16

추석의 밝은 달 아래

또한 두 해석이 모두 슬프다. 한쪽은 슬퍼하는 사람이 아름다운 사람이 되었다고 하더라도 어쩌다보니 아름다운 사람이 될 수밖에 없는 처지였으니 슬프고, 다른 쪽은 아름다운 표현이 정작 슬픔 속에 기진한 사람은 위로하지 못할 것이니 슬프다. 슬픔이 아름다움이니 아름답고, 아름다움이 슬픔이니 슬프다.

이성복 시인이 2013년 1월 『래여애반다라』라는 이상한 제목의 시집을 발간했다. 시인은 독자들을 괴롭히고 싶지 않았던지 '시인의 말'에서 이 제목을 친절하게 설명했다. 2006년 여름, 진흙으로 빚은 신라시대 불상들이 경주에서 전시되었는데 그 전시회의 표제가 '래여애반다라來如哀反多羅'였다. 신라 향가인 '풍요'의 한 구절로 '오다, 서럽더라'라는 뜻의 이두문자. 시인은 "당치도 않는 일"이라는 말을 앞세우면서도, 이 이두문자의 한 글자 한 글자를 의역하여 '이곳에 와서, 같아지려 하다가, 슬픔을 맛보고, 맞서 대들다가, 많은 일을 겪고, 비단처럼 펼쳐지다'라는 문장을 만들었다. 시인은 이 엉뚱한 해석에 "또한 본래의 뜻과 그리 멀지 않은 듯하다"고 덧붙였는데, 그때나 지금이나 많이 달라진 것이 없을 세상사를 돌아보면, 누구라도 그런 생각이 들 것 같다.

'이곳에 왔다'는 것은 이 세상에 태어났다는 말이고, '같아지려 했다'는 남들과 어울려 살기 위해 애썼다는 뜻일 테고, '슬픔을 맛보다'는 그 일이 마음과 같지 않아 크게 상처를 입은 정황을 말할 터이니, '맞서 대들다'가 온갖 시비에 휘말려 '많은 일을 겪게' 되는 처지는 세상살이의 정해진 행로나 같다. 그런데 "비단처럼 펼쳐지다"라는 말은 무슨 뜻일까. 한 사람이 겪게 된 많은 일들이 그를 마침내 아름다운 인간으로 만들었다고 해석해야 할까. 크게 무리는 없지만 너무 낙관적이다. 그는 끝내 기진하여 저를 태어나게 한 저 자연으로 되돌아가게 된다는 뜻일까. '라羅'가 비단뿐만 아니라 들판을 뜻하기도 하니 그럴 법도 하다.

어떻게 해석해도 종말은 아름답다. 앞의 해석은 슬픔이 결국 아름다움에 이르렀으니 아름답고, 뒤의 해석은 한 운명이 아름다움에 이르지는 못했어도 아름답게 표현되었으니 아름답다. 그러나 또한 두 해석이 모두 슬프다. 한쪽은 슬퍼하는 사람이 아름다운 사람이 되었다고 하더라도 어쩌다보니 아름다운 사람이 될 수밖에 없는 처지였으니 슬프고, 다른 쪽은 아름다운 표현이 정작 슬픔 속에 기진한 사람은 위로하지 못할 것이니 슬프다. 슬픔이 아름다움이니 아름답고, 아름다움이 슬픔이니 슬프다.

긴 추석 연휴가 끝났다. 추석은 옛날부터 아름다운 날이면서 슬픈 날이었던 것 같다. 신라 유리왕 때 부녀자들이 두 패로 갈려 길쌈을 하고, 팔월 보름에 진 편이 이긴 편을 대접하며 함께 어울려 노는 일을 가배라 하였다는 이야기는 우리가 모두 알고 있다. 이때 진 편에서 한 여자가 일어나 춤을 추며 탄식해 말하기를 "회소 회소"라 하였으니, 그 소리가 슬프고도 아름다워 후대 사람들이 그에 따라 노래를 지어 '회소곡'이라 이름 붙였다는 이야기도 알고 있다. 그러나 어느 사서에 적혀 있다는 이 이야기는 추석의 유래라기보다 차라리 회소곡의 유래처럼 들리고, 그래서 어떤 슬픔의 유래처럼 들린다. 오직 슬픔만이 역사에 다만 몇 줄이라도 글을 남길 수 있었을까. 이성복 시인의 저 시집을 읽은 이후, 내가 "회소 회소"의 노래와 "오다, 서럽더라"의 풍요를 혼동하는 것도 필경 두 노래를 연결하는 슬픔 때문일 것이다. 그러나 이 오해의 덕분으로 나는 두 개의 추석 노래를 갖게 된 셈이다.

실은 둘이 아니다. 이 세상에서 오직 나만 알고 있을 추석 노래가 하나 더 있기 때문이다. 내 어머니가 나를 낳을 무렵 우리 식구는 남녘 항구도시의 조금 외진 마을에 살았다. 어선이 닿는 선창이 바로 마을 앞에 있어서 주민들은 대개 어부거나 선주거나 배 짓는 목수들이었다. 한국전쟁이 일어나기 전이어서 시골의 인심과 흥취가 아직 살아 있었다.

추석이면 마을 사람들은 이 집 저 집으로 몰려다니며 술을 마시고 노래를 불렀다. 어느 해 한가위에 술에 취한 장년 남녀들이 가파른 골목길을 왁자하니 내려오는데, 그 가운데 '바우 엄마'가 어깨춤을 추며 노래 불렀다. "가위야 가위야, 개상놈의 가위야, 앉지도 못하는 가위야, 서지도 못하는 가위야." 어느 집을 가건 술을 마시고 차례 음식을 먹게 된 나머지, 술이 취해 몸을 가눌 수도 없고, 앉아서 쉬자니 배가 너무 불러 그럴 수도 없는 게 바우엄마의 처지였다. 추석을 향해 "개상놈의 가위"라고 욕은 퍼부었지만 명절 잔치의 포만한 행복을 그렇게 말할 뿐이었다.

노래 부른 사람도 잊었을 이 함포고복의 찬탄을 오래 기억했다가 아들에게 전해준 것이 어머니인데 이제 어머니도 저 세상

사람이니, 이 노래와 그 내력을 아는 것은 나 혼자일 것이 틀림없다. 내가 포만한 행복이라고 말했던가. 실은 얼마나 안타까운 행복인가. 마음의 행복은 끝이 없는데 몸이 그 행복을 다 누리지 못한다. 인간은 행복 앞에서도 무력하고 허약하니, 이 행복이 또한 슬프다. 그러나 그 행복과 슬픔을 이렇게도 적확하게 표현했으니 이 노래가 또한 아름답다.

이성복의 시 한 편을 읽고 하던 이야기를 계속하자. 예의 시집에 들어 있는 연작시 「래여애반다라」 아홉 편 가운데 일곱 번째 작품이다.


불어오게 두어라
이 바람도
이 바람의 바람기도

지금 네 입술에
내 입술이 닿으면
옥잠화 꽃을 꺼낼까

하지만 우리
이렇게만 가자,
잡은 손에서 송사리 떼가 잠들 때까지

보아라,

우리 손이 저녁을 건너간다

발 헛디딘 노을이 비명을 질러도


보아라,

네 손이 내 손을 업고 간다

죽은 거미 입에 문 개미가 집 찾아간다


오늘이 어제라도 좋은 날,

걸으며 꾸는 꿈은

수의壽衣처럼 찢어진다



    어떤 바람의 기운을 받아 입을 맞춘 두 사람이 그 입술에서
순결한 꽃을 피워내려 한다. 그러나 마주잡은 두 사람의 손 사
이에는 "송사리 떼"가 있다. 그들이 함께 잡아 죽음에 바치려
는 송사리들일까. 아니면 두 사람이 아직은 (어쩌면 영원히) 해
결하지 못할 어떤 마음속의 소란일까. 어느 경우건 두 사람이
피워낼 순백의 "옥잠화"는 완전하지 않다. 피기도 전에 시들어
버릴지 모른다. 두 사람은 손을 잡고 어두운 시간을 건너가지
만, 그들을 바라보는 것이 발을 헛딛고 비명을 지르는 노을이
듯 그들을 둘러싼 세상은 불행하다. 발을 헛디딘 것은 그들 자
신일지도 모른다. 그들을 입 맞추고 손잡고 가도록 한 바람이

벌써 불순한 것일지도 모른다. 시의 뒷부분에는 또 다른 손이 있다. 손 하나가 다른 존재의 손에 업혀 간다. 그러나 평화로운 우애의 풍경이 아니다. 개미 한 마리가 죽은 거미를 입에 물고 제 집을 찾아간다. 사랑과 우애 뒤에도, 그리고 평화 속에도 늘 이렇게 살의와 죽음이 있다. 그래서 "오늘이 어제라도 좋은 날"의 희망, 추석처럼 행복한 날의 희망까지도 자주 주검에 입히는 옷처럼 성대하나 불길한 것들이 끼어 있다.

인간은 아무리 착하게 살더라도, 착하게 살려고 애쓰더라도, 파괴의 욕망을 완전히 벗어버리지 못한다. 생명이 생명을 먹고 생명을 유지하는 것이 생명의 조건이다. 생명은 생명을 두려워하고, 생명을 공격하고, 생명을 파괴하고, 생명을 잡아먹는다. 그러나 인간은 슬퍼하며 반성하기도 하고, 제가 왜 사는가 묻기도 한다. 때로는 많은 인간들이 한꺼번에 반성하고 한꺼번에 묻는다. 추석은 적어도 인간끼리라도 그렇게 반성하고 그렇게 묻자는 날이다. 이미 먹을 것을 쌓아둔 그들이 저 악착스러운 생명의 조건과 잠시 휴전협정을 맺는 날이다.

역사책이 추석의 유래를 말하면서 길쌈 시합 이야기로부터 말머리를 트는 것은 그래서 의미가 있다. 노동과 경쟁을 멈춘 이 날은 적어도 인간들끼리라도 서로 두려워하지 않고, 서로 공격하지 않고, 서로 파괴하지 않고, 함께 즐거워하기로 작정한 날이다. 협정의 시간은 짧지만 그 시간의 기억은 남는다. 그 기억을 미래에 던질 때, 그것을 희망이라고 부르는 것이 마땅하다. 오게 될 어떤 날, 모든 사람이 사랑하게 되는 날, 모든 사람들이 우애 속에 평화롭게 사는 날, 추석은 그날의 예행연습이다. 그날이 아득하기에 슬프지만, 그날은 거꾸로 이 시간으로 내려와서 추석 하루를 우선 행복하게 해주기에 아름답다. 희망이라는 것이 늘 그렇다. 희망이 이루어질 날은 아득하지만, 희망은 희망 저 자신을 늘 되새기도록 희망 장치를 만들 줄 안다.

지금 광화문 광장에는 단식하는 사람들과 폭식하는 사람들이 있다. 이 추석을 굶고 넘기더라도 영원한 추석이 있는 세상을 바라는 사람들이 있고, 그 희망 앞에 저 자신을 무뢰배로 만드는 사람들이 있다. 지금 광화문 광장에는 희망을 지닌 사람들과 희망을 포기한 사람들이 있다.

저 '오다, 서럽더라'가 들어 있는 옛날의 '풍요'는 또한 '공덕가'이기도 한데, 희망이 공덕이다. 영원한 추석을 위해 싸우는 것이 공덕이고, 힘을 기르는 것이 공덕이다. 어두운 날을 넘어가서, 슬픔의 힘이 비단처럼 펼쳐질 수 있다고 믿는 것이 공덕이다. 시의 아름다움이 헛되지 않다고 믿는 것이 공덕이다. 앉지도 서지도 못하는 처지에서의 행복이 바르게 앉고 꼿꼿이 설 수 있는 날의 행복으로 길어지고 넓어지기를 바라는 것이 공덕이다. 하늘에는 '슈퍼문'이 떴는데 그것을 초월하는 달을 '초월超月'이라고 부르는 사람이 있을지도 모르겠다.

넘어설 수 없는 것을 넘어서려는 자들에게 복이 있다. 추석이 복된 것은 슬픈 조건 속에서도 희망을 지닌 사람들의 날이기 때문이다.

17

만해의 '이별'

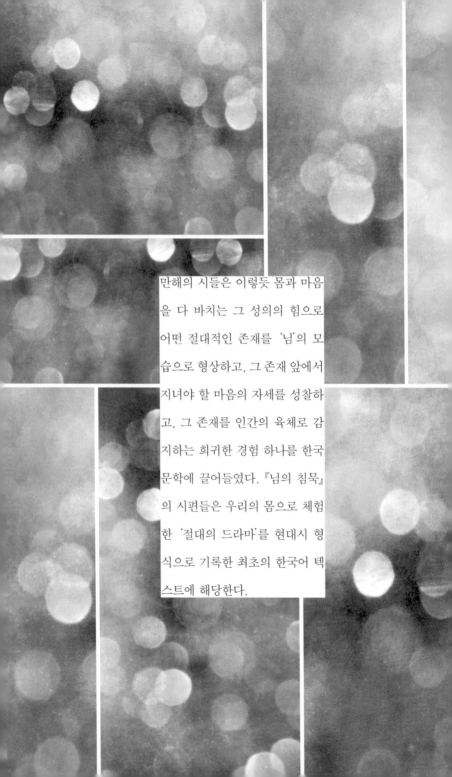

만해의 시들은 이렇듯 몸과 마음을 다 바치는 그 성의의 힘으로 어떤 절대적인 존재를 '님'의 모습으로 형상하고, 그 존재 앞에서 지녀야 할 마음의 자세를 성찰하고, 그 존재를 인간의 육체로 감지하는 희귀한 경험 하나를 한국 문학에 끌어들였다. 『님의 침묵』의 시편들은 우리의 몸으로 체험한 '절대의 드라마'를 현대시 형식으로 기록한 최초의 한국어 텍스트에 해당한다.

한용운의 『님의 침묵』은 시의 기적이라고 말해도 좋을 만큼 신기한 시집이다. 한용운은 근대시에 관해서 특별히 또는 오랫동안 공부하지 않았지만, 그의 시집은 개항 이후 한 세기의 한국문학사에서 가장 아름답고 가장 뜻깊은 성과다.

「님의 침묵」을 쓸 때, 만해에게는 조국광복에 대한 염원이 분명히 있었으며, 높은 지혜의 체득을 향한 한 선사의 희구가 있었다. 시집에서 줄곧 '님'을 그리워하는 한 여자의 목소리를 빌리고 있던 그에게, 또한 어느 연인의 열정이 없었다고 말하기 어렵다. 「님의 침묵」의 '작가적 의도'에 관해 말하려 한다면, 이 염원과 이 희구와 이 열정의 어느 한 쪽도 젖혀놓을 수가 없다.

시인이 애국시를 쓰려 했을 때도 그는 여전히 연인이었으며, 오도시를 쓰는 선사로서도 민족의 암담한 현실에서 비껴서 있지 않았으며, 연애시의 어조로 사랑을 갈구하면서도 그는 정신의 자유자재한 경지를 구하는 수도자로 남아 있었다. 민족의 지사로서도, 불도의 선사로서도, 그리고 한 사람의 애인으로서도 인간으로서 성의를 다하였기에, 시를 쓰며 무엇을 의도했건, 그 마음속에서는 이 힘들이 서로 엇물려 「님의 침묵」을 의도 이상의 것으로 만들었다.

만해의 시들은 이렇듯 몸과 마음을 다 바치는 그 성의의 힘으로 어떤 절대적인 존재를 '님'의 모습으로 형상하고, 그 존재 앞에서 지녀야 할 마음의 자세를 성찰하고, 그 존재를 인간의 육체로 감지하는 희귀한 경험 하나를 한국문학에 끌어들였다. 『님의 침묵』의 시편들은 우리의 몸으로 체험한 '절대의 드라마'를 현대시 형식으로 기록한 최초의 한국어 텍스트에 해당한다.

만해에게서 그 절대의 드라마를 표현하는 말은 흔히 선시에서 보는 것과 같은 황홀경의 묘사나 초월적 경지에 대한 암시가 아니다. 말할 수 없는 것을 두고 침묵하는 대신에 내뱉는 방편적인 언사가 아니며, 알아듣는 사람만 알아듣기에 사실 말할 필요가 없는 것을 말하는 척하는 핑계의 말이 아니다. 만해의 '님'은 인격적이고 구체적이다. 「예술가」에서 말하는 것처럼 '님'의 얼굴에는 "언제든지 작은 웃음이" 떠돌며, 시인에게 노래를 "가르쳐" 준 적이 있으며, 그 집에는 "침대와 꽃밭"이 있고 그 꽃밭에는 "작은 돌"이 있다. 시인이 "그대로 쓰고" 싶어 하나 늘 실패하는 것도 그런 것들이다.

그러나 만해는 서구의 오랜 형이상학적 전통이나 근대의 순수시가 내세우는 끝없는 부정의 방법에 의지한 것이 아니다. 가령 신플라톤주의 철학자라면 '이것도 아니다, 이것도 아니다'라고 반복해서 말함으로써만 전달할 수 있는 어떤 절대적인 것의 이름 위에, 만해는 "수직의 파문을 내며 떨어지는 오동잎"과 "무서운 구름이 터진 틈으로 언뜻언뜻 보이는 푸른 하늘"(「알 수 없어요」)과 그리고 더 많은 것들을 차례차례 쌓아올린다.

형이상학자들이 절대적인 존재로 떠받드는 '어떤 한 존재'는 세상 사람들이 상상할 수 있는 겉껍데기들을 하나씩 벗어버리면서 나타나지만(실은 그 껍데기들 속으로 사라지지만), 만해의 '님'은 그 결함 있는 흔적과 파편들이 서로서로 결함을 보충함으로써 그 거대한 몸을 드러내는 것처럼 보인다. 그래서 이 작은 요소들의 부단한 협력 관계가 '님'의 절대적인 속성을 상대적인 너울들로 가리기도 한다.

그러나 만해에게도 '님'은 마음만 먹으면 다시 손을 맞잡을 수 있는 애인이 아니었다. 시집에서 시인은 '님'을 단 한 번도 온전하게 누리지 못하며, 그 얼굴과 목소리마저 제대로 감지할 수 없다. 그는 "향기로운 님의 말소리에 귀먹고 꽃다운 님의 얼굴에 눈멀"(「님의 침묵」)고 말기 때문이다. 시인은 '님'에게 몸과 마음을 다 바치려 하면서도 '님'의 길을 따라가지 못할 뿐만 아니라, 그 발걸음을 만류하려고까지 하지만 헛될 뿐이다(「가지 마셔요」). '님'이 세상에 어떤 흔적을 남겼더라도, '님'이 인간의 시간에 어떤 모습으로 나타나더라도, 절대적인 존재인 '님'의 정처는 인간을 넘어선 곳에 있다. '님'의 나라는 다른 세계, 인간이 범접할 수 없는 세계에 있다.

'님'의 나라와 '님'의 존재는 인간의 육체로서는 느낄 수 없고, 인간의 지성으로는 상상하기도 어렵다. 그러나 만해는 '님'과 '나' 사이에 오직 그만이 생각해낼 수 있는 관계 하나를 만들었다. 저 무한하고 절대적인 존재와 부족한 인간 사이의 뛰어넘을 수 없는 거리가 만해에게는 사람의 일일 뿐인 '이별'

로 바뀐다. 이별도 '님'과 나를 떼어놓으며 '님'과 나와의 만남을 가로막지만, 이별은 원칙적으로 그리운 것과 그리워하는 정신 사이에 하나의 기억을 전제한다. 다시 말해서 만남이 있었고 헤어짐이 있었다는 기억. 만해는 시 「님의 침묵」에서 "황금의 꽃 같이 굳고 빛나던 옛 맹서는 차디찬 티끌이 되어서 한숨의 미풍에 날라갔"으며, "날카로운 첫 키스의 추억은 나의 운명의 지침을 돌려놓고 뒷걸음쳐서 사라졌"다고 쓴다.

'님'과 나 사이에 "황금의 꽃 같이 굳고 빛나던 옛 맹서"가 실재했는가는 따질 필요가 없다. 이별이라는 생각은 '님'에게 육체를 주고, '님'과 나의 관계를 만들어, 현실의 "차디찬 티끌"을 저 찬란한 빛의 흔적으로 끌어올리게 될 하나의 기억을 거기서 끌어낸다. 이전과 이후의 삶을 칼날처럼 분명하게 가른다는 점에서 "날카로운" 첫 키스에 대한 기억은 이별이라는 말이 떠오르는 순간에 대한 운명적인 기억과 다르지 않다. 이별은 비록 만난 적이 없는 '님'이라 하더라도 그 '님'과 나 사이에 인연을 상기시킨다. 정신은 있었던 일뿐만 아니라 있어야 할 일도 기억한다. 억제할 수 없는 욕망에 휩쓸리는 사람들이 자신의 소망을 실제의 기억이라고 여기는 경우처럼, 기억은 아직 없었던 시간의 기억, 곧 까마득한 태고의 기억이 되고 미래의 기억이 된다. 그래서 '님'의 거대한 넓이가 이별을 말하는 사람의 기억 속에 들어올 수 있다. 시 「사랑의 측량」은 이 이별의 개념에 대한 논리적 성찰이다.

즐겁고 아름다운 일은 양이 많을수록 좋은 것입니다

그런데 당신의 사랑은 양이 적을수록 좋은가 봐요

당신의 사랑은 당신과 나와 두 사람의 사이에 있는 것입니다

사랑의 양을 알려면 당신과 나의 거리를 측량할 수밖에 없습니다

그래서 당신과 나의 거리가 멀면 사랑의 양이 많고 거리가 가까우면 사랑의 양이 적을 것입니다

그런데 작은 사랑은 나를 웃기더니 많은 사랑은 나를 울립니다


뉘라서 사람이 멀어지면 사랑도 멀어진다고 하여요

당신이 가신 뒤로 사랑이 멀어졌으면 날마다 날마다 나를 울리는 것은 사랑이 아니고 무엇이어요


이 역설의 시는 '님'과 나의 거리가 멀어질수록 그리움이 그만큼 커진다는 뜻으로만 읽힐 수 있는 것이 아니다. '님'과 나의 거리는 나의 비천함과 '님'의 고결함 사이를 벌리는 격차이기도 하다. 이별은 범접할 수 없는 '님'과 그리워하는 나를 가장 깊은 인연으로 맺어놓는 동시에 순결한 '님'과 초라한 나를 갈라놓는다. '님'을 향한 나의 사모와 존경이 이 거리를 메우며 펼쳐지기에 '님'의 비범함이 또한 이 거리에 의해 규정된다. '님'의 순결하고 무한한 넓이가 또한 '님'과 나의 이별에 의해

인식되고 확장되고 보존된다. '님'은, 적어도 인간인 나의 마음속에서는, 이별이라는 인연의 장치에 의해서 그 확고한 존재를 얻는다. 그 특별한 존재와 그 속성이 한 인간의 슬픔과 울음에 의해 측량된다는 것은 신비에 속한다고 해야 할 것이다. 시 「이별은 미의 창조」는 이 신비에 대한 미학적 고찰이다.


이별은 미의 창조입니다

이별의 美는 아침의 바탕質없는 황금과 밤의 올絲없는 검은 비단과 죽음 없는 영원의 생명과 시들지 않는 하늘의 푸른 꽃에도 없습니다

님이여 이별이 아니면 나는 눈물에서 죽었다가 웃음에서 다시 살아날 수가 없습니다 오오 이별이여

미는 이별의 창조입니다


이 작품도 만해의 여러 시들처럼 논리적이면서 신비롭다. 시의 말을 일반 산문처럼 풀어놓으면 그 논리의 선이 더욱 분명하게 드러난다.

이별하는 일은 미를 창조하는 일이다. 실질이 없으면서도 황

금처럼 보이는 아침 햇살도, 올이 없으면서도 검은 비단처럼 보이는 밤의 어둠도, 생명의 영원한 순환인 자연도, 무한히 이어질 하늘의 푸른빛도, 그것들 자체로서는 중립적인 것이어서 인간의 마음에서 비롯되는 미추의 개념을 지니고 있지 않다. 빛과 어둠의 광막함도, 자연 조화의 숭고함과 천지의 무한함도 인간 의식의 산물인바, 이별과 같은 결여의 상태에서 그 성스러움과 위대함에의 감정은 더욱 절실해진다. 이와 같이 '이별은 미를 창조'한다.

이에 대한 결론으로 만해는 첫 번째 시구를 조금 바꾸어서 마지막 시구를 쓴다. "미는 이별의 창조입니다." 이 시구는 필경 '미는 이별을 창조하는 것입니다'로 읽어야 할 것이다. 아름답고 숭고한 것에 대한 동경이 이별을 이별되게 하고 결여를 결여로 느끼게 한다고. 내가 나의 이별에 바치는 슬픔에는 저 무한하고 절대적인 것에 대한 이상이 깃들어 있다고. 무엇보다도 '님'의 아름다움을 아름다움으로 남겨 두는 것은 미욱한 나와의 이별밖에 없다고.

만해에게서 아름다움의 반은 '님'의 절대적이고 영원한 비범함으로, 나머지 반은 이별과 침묵으로 이루어진다. 그러나 이 침묵을 희망의 한 형식으로 체험하려 하지 않는다면, 다시 말해서 알 수 없는 어떤 조화에 의해 이별이 그저 이별이기를 그치고 어떤 운동의 기억과 소망이 되지 않는다면, 「님의 침묵」의 마지막 시구가 말하듯 "제 곡조를 못 이기는 사랑의 노래"가 비록 부질없다 하더라도 그것이 "님의 침묵을 휩싸고" 돌지 않는다면, 한 시대의 정황은 오직 이별일 뿐 '님과 나의 이별'이 아닐 것이다.

논증가로서의 만해가 한 정황의 가장 나쁜 조건들을 주시하고 이별의 가장 비극적인 실상을 들추어 낼 때, 시인 만해는 떠나보낸 '님'의 기억을 제 육체 속에서 끌어내어 하나의 소망으로 미래에 던지기를 주저하지 않는다. 그러나 만해가 어디서 만나야 할지 모르는 '님'의 얼굴을 우리 눈 가장 가까운 자리에 그려 보여주는 것은 그가 자신의 심술궂은 논리를 잠시 잊어버렸을 때다. 다음은 「거문고를 탈 때」 전문이다.


달 아래에서 거문고를 타기는 근심을 잊을까 함이러니 처음 곡조가 끝나기 전에 눈물이 앞을 가려서 밤은 바다가 되고 거문고 줄은 무지개가 됩니다

거문고 소리가 높았다가 가늘고 가늘다가 높을 때에 당신은 거문고 줄에서 그네를 뜁니다

마지막 소리가 바람을 따라서 느티나무 그늘로 사라질 때에 당신은 나를 힘없이 보면서 아득한 눈을 감습니다

아아 당신은 사라지는 거문고 소리를 따라서 아득한 눈을 감습니다

'님'의 일로 근심하는 사람이 그 근심을 잊기 위해 일으키는 곡조에 '님'의 형상이 담긴다는 것은 놀라운 일이 아니다. '님'은 그 곡조와 함께 출렁이고, 그 곡조와 함께 사라진다. 그러나 거문고 소리가 사라질 때 "아득한 눈을 감"는 것은 '님'이라기보다는 시인 자신이 아닐까. 그는 높고 낮은 거문고의 소리 따라 상념했던 '님'을 이제 눈을 감고 다시 떠올려보려는 것 아닐까.

그런데 "아득한 눈"이란 어떤 눈일까. '아득하다'는 '아련하게 멀다'는 말이며, '까마득하게 오래되다'는 말이다. 어떤 이유로 혼미해진 정신은 모든 사물을 시간과 공간 저 너머에 있는 사물처럼 멀고 까마득하게만 느낀다. "아득한 눈"은 아득하게 멀어지는 눈이면서 동시에 그 아득한 눈을 아득하게 바라보는 눈이다. 그것은 '님'의 눈이며 나의 눈이다. 서로 아득하게 멀어지는 눈이며 서로 아득하게 바라보는 눈이다.

'님'도 나도 그 눈을 감는다. 그 감기는 눈 뒤에, 잡힐 듯 잡히지 않는 것을 감지하는 감각의 미묘함이 있다. 아득하게 눈을 감는 자의 감각은 깊다. 이별이 창조하는 미는 이 감각의 깊이와 다르지 않다.

18

박정만의 투쟁

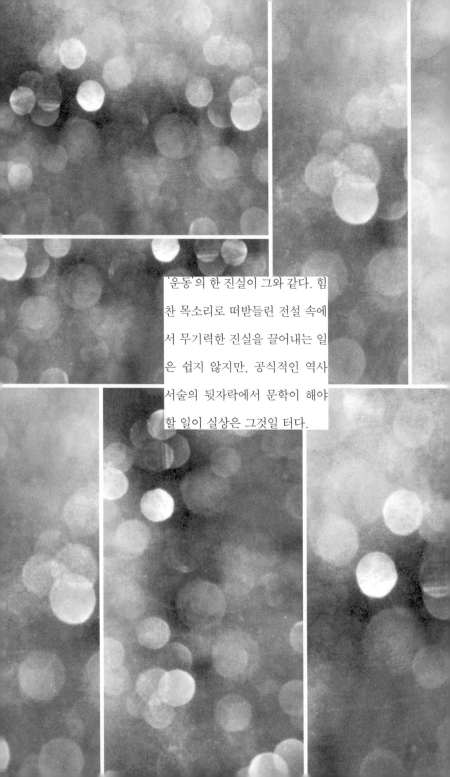

'운동'의 한 진실이 그와 같다. 힘찬 목소리로 떠받들린 전설 속에서 무기력한 진실을 끌어내는 일은 쉽지 않지만, 공식적인 역사 서술의 뒷자락에서 문학이 해야 할 일이 실상은 그것일 터다.

지난 2014년 10월 2일은 박정만이 세상을 떠난 지 스물여섯 해 되는 날이다. 스물다섯 해라고 생각해왔는데, 손을 꼽아보니 스물여섯 해다. 박정만은 나에게 거의 모르는 사람이나 다름없지만, 그렇다고 전혀 인연이 없는 사람도 아니다. 1970년대 초에 군대에서 전역한 직후 나는 한 잡지사에서 편집사원으로 잠시 일을 했다. 뒷날 소설가로 이름을 알리게 될 이윤기를 거기서 만났다.

출근한 지 일주일쯤 되는 날에 박정만이 그 잡지사에 찾아왔다. 찾아온 것이 아니라 '출근'했다. 내가 앉아 있던 자리가 바로 박정만의 자리였다. 그 잡지사의 사원으로 일하던 박정만이 집에도 직장에도 알리지 않고 어딘가로 잠적해서, 회사가 나를 뽑아 그 자리를 메웠는데, 그가 석 달 만에 다시 출근을 한 것이다. 내가 책상을 정리하고 일어서려 하자, 당시 잡지사 주간이던 권 아무개 시인이 나더러 앉아 있으라고 말하고는 박정만을 데리고 밖으로 나갔다.

그 후에도 자주 박정만은 퇴근할 무렵쯤 나타나 옛 동료들과 함께 술집을 찾곤 했다. 나도 한 번 그 자리에 어울렸다. 아현동 어느 골목이었다. 양념한 돼지고기를 구우며 동동주를 마시는 집이었다. 맞은편에 앉은 박정만이 시비조로 내게 말을 걸어오면 가운데 앉은 이윤기가 불안한 얼굴로 그를 말리곤 했지만, 나는 오히려 유쾌했다. 그의 말에 재기가 있고 시적 울림이 넘쳤기 때문이다. 그 자리가 어떻게 끝났는지는 기억나지 않는다.

박정만은 1988년 저 '88올림픽'이 끝나는 날 비참하다고 밖에는 말할 수 없는 상태에서 숨을 거두었다. 그가 떠나고 나서 10여 년이 지난 어느 해 겨울 이윤기는 「전설과 진실」이라는 제목으로 단편소설을 써서 그 죽음에 얽힌 사연을 상당히 소상하게 전해주었다. 그 소설을 다시 펴놓고 읽으니, 예삿일을 말하는 듯 무심하면서도 구절구절이 곡진하고, 떠 있는 듯 가벼우면서도 진지한 소설가의 문체가 그날 저 아현동의 술집에서 박정만을 힐난하면서도 다독거리던 그 어조를 다시 떠올리게 한다. 이윤기도 이제는 저 세상 사람이다.

박정만은 1981년 5월 어느 날 그가 편집부장으로 근무하던 출판사에 출근하지 않았다. 사람들은 크게 놀라지 않았다. 그의 잠적은 드문 일이 아니었기 때문이다. 그는 유능했지만 무책임한 사람이기도 해서, 우리들의 관심은 또 한 차례의 잠적을 성사시켰을 어느 여성의 정체에 대해 더 많이 쏠렸다. 그러나 여자는 없었다. 그가 자신의 대학 동창이기도 한 어느 소설가와 함께 술을 마셨다는 오직 그 이유 하나로 검은 차를 몰고 온 사나이들에게 끌려갔다는 것도, 이제는 문학인들의 집이 된 남산의 어느 시설에서 내리 사흘 동안 "청동상"처럼 온몸에 퍼렇게 멍이 들도록 두들겨 맞았다는 것도 나중에야 알려진 일이었다.

이후 박정만은 이 사흘간의 고문에서 비롯한 정신적 번민과 육체적 고통으로, 그에 따른 연이은 폭음으로, 7년여를 신음하던 끝에 간경화로 세상을 떠났다.

죽음을 앞둔 그는 보름 동안 300편 가까운 시를 써서 사람들을 놀라게도 하고 슬프게도 하였다. 이 전설 같은 이야기가 '민주투사 박정만'이라는 또 하나의 전설을 만들었다. 내내 무책임하게 살았던 만큼 순결했던 박정만은 이 왜곡된 전설을 괴로워했으며, 이 괴로움은 광주가 피바다가 되었을 때 자신이 아무 일도 하지 못했다는 부끄러움을 더욱 생생한 것으로 만들었다. 시인은 어느 날 저녁 친구 이윤기를 불러 "두 개의 5월"로 갈기갈기 찢겨 있는 자기 심경을 유언의 형식으로 전했다. 그리고 이윤기는 이 유언을 소설로 전하며, 그때까지도 널리 퍼져 있던 전설에서 죽은 친구를 해방시키고 싶다고 말했다.

그러나 이윤기가 그 소설에서 전하려 했던 게 박정만이 민주화운동을 한 적이 없으며 "모진 놈 옆에 있다가 벼락 맞은 데 지나지 않는"다는 주장만은 아닐 것이다. 그는 오히려 박정만에게 '운동'이 무엇이었던가를 말하고 싶었으리라. 박정만은 적어도 "5월의 치욕"을 안고 죽었다. 그 험한 시대에 그것이 무가치한 것이었다고 말할 수는 없다. 그것이 '운동의 진실'일 수도 있다.

박정만이 모처에서 처참하게 얻어맞았다는 소식을 듣고 공포와 분노에 치를 떨지 않은 문인은 없었다. 그가 당한 고초는 다른 누구에게도 언제 닥칠지 모르는 운명이었다. 분노와 공포의 치 떨림은 비록 무기력한 것이었지만, 무기력한 그대로 '운동'의 한 깊이였다. 어떤 사람은 삼엄하고 사악한 감시 아래서 가능하면 몸조심을 하려 했다. 몸을 다치지 않고도 역사에 뜻 있는 일을 찾아 실천하려는 사람들도 있었다. 어느 늙은 아버지는 사람 많은 곳에 가지 말라고 아침마다 아들에게 당부했다. 그 치욕의 시대에 사람들은 바로 그런 방식으로 날마다 자신의 운명을 생각했으며, 바로 그렇게 나쁜 권력을 거부했다. 박정만보다 더 혹독한 고문을 당했고 오랫동안 감옥살이를 했던 사람들은, 매우 고독했지만, 그러나 저 '무기력한 힘들'이 항상 등 뒤에 있음을 모를 수 없었다. '운동'의 한 진실이 그와 같다. 힘찬 목소리로 떠받들린 전설 속에서 무기력한 진실을 끌어내는 일은 쉽지 않지만, 공식적인 역사 서술의 뒷자락에서 문학이 해야 할 일이 실상은 그것일 터다.

그런데 당사자 박정만은 1981년의 고문에서부터 1988년의 죽음까지 일곱 해에 걸친 자신의 삶을 어떻게 생각하고 있었을까. 많은 것이 바뀌었다. 다시는 직장으로 돌아갈 수 없었고, 첫 부인과도 이혼했으며, 스스로의 몸도 마음도 끝내 꼿꼿하게 일으켜 세우지 못했다. 그런데 문학은? 그의 시세계 역시 새로운 면모를 보이기 시작했다고 사람들은 말하지만, 내가 보기에 세계 자체가 달라진 것은 아니었다. 그가 능숙하게 사용하던 '전라도 가락'이 줄어든 만큼 사실적인 표현들이 많아졌고, 간간히 산문시를 쓰기도 한 것은 사실이다. 그러나 사람들이 흔히 시라고 생각하는 그런 종류의 시에서 그의 시가 크게 벗어나지는 않았다.

그는 유명을 달리하던 해인 1988년 초에 세 권의 시집을 연달아 펴냈다. 그 가운데 마지막 시집인『슬픈 일만 나에게』에는「수상한 세월」이란 제목으로 세 번에 걸쳐 쓴 연작시가 실렸다. 편마다 다섯 행으로 끝나는 이 짧은 작품들에서 박정만은 세상에 대한 자신의 분노를 가장 적극적으로 표현했다. 그는 "군화 신은 아이들이" 그 막막하고 깊고 어두운 고문실에서 자기 몸에 "뼛속까지 스며드는 상처를" 내놓고는 "나이팅게일 그려진 안티플라민을 주었다"고 썼다. 자신이 그 어두운 지하실에서 "가시면류관을 쓰고 물 먹고 반쯤은 죽어갈 때" 한 여자가, 아마도 자신과 가장 가까운 사이였을 그 여자가 저 "소름 끼치게 찬란한 국풍장國風場"에 갔었다고 썼다. "다리뼈에 비록 바람은 들었지만" 아직은 "숫돌에 칼을 갈 힘이 푸르게 남아" 있으니 "너희들의 살점을 죄 발라먹어야겠다"는 복수의 다짐도 잊지 않았다.

그러나 그의 시에서 겉으로 드러난 분노는 거기서 그친다. 새로운 세계를 향한 어떤 역사적 변혁이나 그것을 위한 어떤 구체적인 투쟁 같은 것은 그의 시에 어울리지 않았으며, 그에 합당한 언어를 만들어낼 소질이 그에게는 없었다. 고문 이후 그는 죽음을, 자신의 존재 자체가 무화될 어떤 시간을 줄곧 생각하고 있었지만, 그러나 그가 죽음의 세계와는 다른 또 하나의 세계를 꿈꾸지 않았다고는 말하기 어렵다. 그의 죽음 직후에 발간된 사후시집『그대에게 가는 길』에는「우리들의 평화주의」

라는 제목을 달고 있는 다섯 편의 연작산문시가 있다. 다음은 그 가운데 마지막 편, 「우리들의 평화주의 5」다.

　　어둠 속에서도 한 덩이의 숯과 소금이 눈을 뜨는 것을 보았다. 불의 장미는 미인의 꿈속으로 파고들어 사람과 사람 사이에 새로운 길을 만들고 한 그릇의 장국 속에서도 그의 견해를 올바르게 피력했다. 소나기가 지나간 뒤끝에는 으레 공작의 꼬리 같은 무지개가 피었으며 그 혈통을 잔인하도록 선명하게 주장했다. 난만하게 퍼지는 것은 빛깔이 아니라 공기 중의 풀잎의 순도 때문이다. 미인은 한 가닥의 순은처럼 꼭 그러한 길에만 나타난다. 청명 때였다. 먼 산이 갑자기 내 이마에 와 멎고, 홀연히 어디선가 청아한 꾀꼬리 울음소리가 한마장의 거리를 달려와 내 귀에 멈추었다. 아무래도 시국이 심상치 않았다.


　막막한 어둠 속에도 세상을 밝힐 숯불이 있고 부패를 막을 소금이 있다. 장미처럼 피어나는 그 불꽃이 어떤 "미인"을, 다시 말해서 그 미인처럼 아름다운 세상을 꿈꾸는 우리의 마음속에 들어와 사람들 사이에 소통의 길을 내니, "한 그릇의 장국"을 먹으면서도 우리는 떳떳하게 자신의 사람다움을 피력할 수 있다. 징벌의 홍수가 지나가고 나면 하늘에 언약의 "무지개"가 떠올라 평화가 삶의 본질임을 "잔인하도록 선명하게" 보여준다. 그 무지개가 아름다운 것은 지상에 피어난 풀잎의 순결한 빛이 하늘에 비쳤기 때문이다. 미인은 그 순결한 빛 속에 나타난다. 그 세상이 벌써 가까이 왔으니, "아무래도 시국이 심상치"않다.

이 시를 읽으며 시인을 순진하다고 말해야 할 것인가. 오히려 어떤 폭압도, 어떤 잔혹한 고문도 그의 시를 깨뜨리지 못했다고 말해야 하지 않을까. 박정만은 그렇게 투쟁했다. 희망은 늘 그렇게 순진하게 밑바닥에 깔려 있다.

19

최승자의 어깨

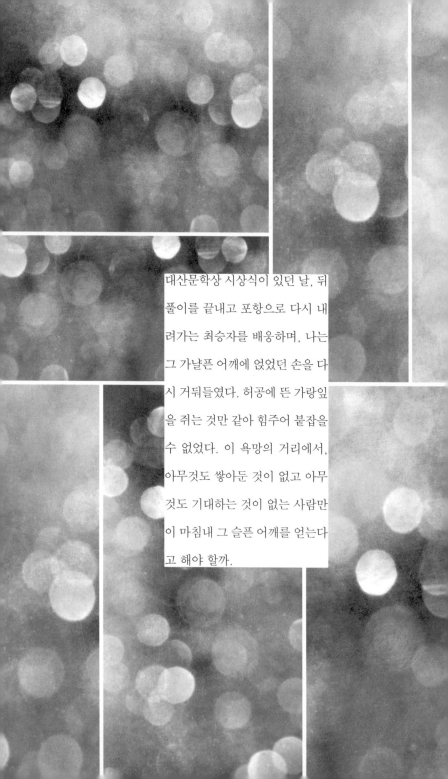

대산문학상 시상식이 있던 날, 뒤풀이를 끝내고 포항으로 다시 내려가는 최승자를 배웅하며, 나는 그 가냘픈 어깨에 얹었던 손을 다시 거둬들였다. 허공에 뜬 가랑잎을 쥐는 것만 같아 힘주어 붙잡을 수 없었다. 이 욕망의 거리에서, 아무것도 쌓아둔 것이 없고 아무것도 기대하는 것이 없는 사람만이 마침내 그 슬픈 어깨를 얻는다고 해야 할까.

어느 인터넷 서점에서 "가을, 마지막 이벤트"라는 말을 내걸고 추천할 만한 시집들을 묶어 약간 싼 가격으로 판매하면서, 최승자의 시집 『쓸쓸해서 머나먼』, 『이 시대의 사랑』, 그리고 『내 무덤 푸르고』 세 권을 그 가운데 끼어 넣었다. 시를 오래 읽어온 사람들은 이들 시집 위에 걸린 최승자의 이름만 읽고도 가슴이 먹먹해졌을 것이 틀림없다. 최승자라는 이름에는 그런 마력이 있다.

최승자가 살아온 삶은 시인의 신화 하나를 거의 완벽하게 구성한다. 그는 대학 3학년 때, 문학을 버리고 어학을 전공하라고 강요하는 교수와 싸우고 교실을 뛰쳐나와 출판사의 견습생으로 사회생활을 시작했다. 대학 중퇴 학력으로 인문학 대가들의 글에 붉은 볼펜을 휘둘러 자주 말썽을 일으키다가 시를 쓰기 시작했다. 한두 해 사이를 두고 같은 시기에 등단하여 훗날 저마다 한국 시단에 봉우리를 하나씩 이루게 되는 김정환, 이성복, 최승호, 김혜순, 황지우 사이에서 최승자는 자기 내장을 다 드러내는 사람의 선연한 말을 비수처럼 내던져, 한 번 귀 기울인 사람이라면 결코 잊어버릴 수 없는 목소리를 만들었다. 자신을 배설물로, 잉여물로 규정하는 그에게는 감출 것이 없었다.

그는 번역으로 생계의 수단을 삼았다. 주로 예술가들의 자기 고백에 해당하는 산문들을 직역에 가깝게 옮기면서도 낱말 하나하나에 생기를 주어 독자적인 문체를 확보하였으며, 이 문체로 인간비평이자 문명비평인 반투명 색조의 산문들을 썼다. 그러나 번역은 그를 지치게도 했다.

네 번째 시집『내 무덤 푸르고』(1991)가 준비될 무렵부터 그는 섭생치료에서 점성술에 이르기까지 온갖 신비서적들을 섭렵하고 거기 심취했다. 이 정신적 여정에 대해 최승자 자신은 "자아를 찾아서"라고 말했다. 본인은 그렇게 생각했겠지만, 더 정확하게 '자신의 존재가 잉여물이 아닐 수 있는 세계를 찾아서'라고 했어야 할 것이다. 이 정신적 여행에서 그가 무엇을 찾았건 그것은 다시 그를 새로운 암시로 얽매었다.

생활이 어려워지자 그는 단칸 셋방과 고시원을 전전하면서 그 생활을 내팽개쳐두는 방식으로 살았다. 버려둘 수는 있지만 벗어버릴 수는 없다. 버려둔 생활보다 더 악착같은 스토커는 없기 때문이다. 그의 고난은 이 땅에서, 지금보다 관행은 더 많고 관용은 더 적었던 시대에, 남자들의 사랑과 후원을 얻지 못한 채 오직 자신의 재능을 팔아서 살아야 하는 여성의 불행을 대표했다.

다섯 번째 시집『연인』(1999)이 출간될 무렵 최승자는 극심한 정신적 위기를 겪었다. 타로 카드의 상징체계에 깊이 의지한, 그래서 그만큼 위태로웠던 이 시집은 그러나 최승자표 시의 가치를 불신하게 하지는 않았다.

『연인』이후 11년 만에 발간한 시집『쓸쓸해서 머나면』(2010)은 요양원과 세속세계를 오가며 쓴 시들을 한데 묶었고, 그 다음해에 발간된 시집『물 위에 씌어진』은 '시인의 말'을 빌리자면 "전부가 정신과 병동에서 씌어진" 시들로 구성되었다. 이 두 시집의 사이에서 최승자는 대산문학상과 지리산문학상을 받았다. 당연히 받아야 할 상이었을 뿐만 아니라 너무 늦게 받은 상이었다.

그러니까 2010년 12월이다. 대산문학상 시상식이 있던 날, 뒤풀이를 끝내고 포항으로 다시 내려가는 최승자를 배웅하며, 나는 그 가냘픈 어깨에 얹었던 손을 다시 거둬들였다. 허공에 뜬 가랑잎을 쥐는 것만 같아 힘주어 붙잡을 수 없었다. 이 욕망의 거리에서, 아무것도 쌓아둔 것이 없고 아무것도 기대하는 것이 없는 사람만이 마침내 그 슬픈 어깨를 얻는다고 해야 할까. 끌어안기조차 어려운 이 어깨, 그러나 어쩌면 우리가 마지막 기대야 할 어깨가 바로 그것일지도 모르겠다고 나는 생각했다.

시인으로서 최승자가 겪은 정신적 위기는 그의 개인적 위기이기만 한 것이 아니라 이 땅의 시가 멀지 않아 감당해야 할 위기이기도 했다.

중년을 넘긴 사람들에게라면 우리의 삶이 가장 불행했던 유신시절부터 시를 써온 최승자가 신비세계에 심취했던 것은 군사독재 권력이 막을 내리기 시작할 무렵부터였다. 불행 하나가 숨을 죽인 자리에 건강하고 행복한 세상이 기다리고 있었던 것은 아니었다. 최승자 자신의 말을 빌리자면 "칠십년대는 공포였고 팔십년대는 치욕이었다."(『내 무덤 푸르고』의 「세기말」) 그렇다면 90년대와 2000년대는? 돌이켜보면 저 공포와 저 치욕은

'이름 붙일 수 없는 불행'을 가리고 있는 '이름 붙일 수 있는 불행'이었을 뿐이었다. 유령의 군대와 싸우는 사람들을 상상할 수 있겠는가. 그들 자신이 벌써 유령 아닐까.

사실 우리의 삶은 시작하기도 전부터 뿌리가 뽑혀 있었다고 말해야 한다. 뿌리 뽑힌 상태에서 뿌리 뽑힌 제 처지를 의식하는 것은 어려운 일이지만, 불안은 수시로 찾아온다. 욕망이 이 불안을 가렸다.

살아왔던 길을 모두 폐지하고 널따랗게 새로 뚫린, 뚫렸다기보다 침범해 들어온 큰길을 향해 우리를 너나없이 달려가게 하는 이 욕망은 실상 비어 있는 욕망이지만, 그 비어 있음을 가리기 위해서는 또 다른 욕망이 필요했다. 욕망이 욕망을 물고 온다. 달려가는 사람들 속에서 잠시 비켜섰을 때에야, 또는 더 이상 그 발걸음을 따라갈 수 없을 때에야, 문득 사람들은 뿌리도 없이 유령들과 싸우고 있는 제 처지를 곰곰이 생각한다.

최승자는 예의 『내 무덤 푸르고』의 「자본족」에서 "새들도 자본 자본 하며 울 날이 오리라"고 벌써 예언했다. 그 날은 재빨리 찾아왔고, 다른 세계를 여행하던 최승자는 바로 그런 날들의 한복판에서 우리 앞에 한 번 잠시 나타났던 것이다. 그러니 결과적으로 그의 여행은 "자본 자본"의 노래가 들리지 않는 곳을 찾아 나섰던 일종의 피난 여행이었던 셈이다. 최승자가 이 욕망 시스템에서 비켜 서 있기만 했던 것은 아니다. 이 몸집이 작은 시인은 욕망을 재생산할 수도 없는 처지에서 자신의 욕망을 바람과 돌에 투사하고 하늘의 별에 투사하여, 우리의 삶이 어떤 형식으로건 삼라만상의 기운과 연결되어 있음을 증명해 줄 머리카락 한 올만큼의 기미라도 찾아내려고 애썼다. 그는 욕망의 피안을 보여준 셈이었다.

최승자의 마지막 두 시집 『쓸쓸해서 머나먼』과 『물 위에 씌어진』에 관해 말한다면, 사람들은 제 욕망을 누르고만 그들 시집 속으로 들어갈 수 있다. 최승자의 낯익은 독기가 확실하게 제거된 이들 시집은 어떤 욕망도 대변하려 하지 않기 때문이다. 짧은 호흡을 타고, 독립성이 강하고 투명한 말들이 여기저기 박혀 있어서 일상적인 말도 관념의 표현처럼 보이지만, 최승자가 관념을 나열하고 있는 것은 물론 아니다. 그에게 관념적인 것과 실제적인 것의 구별이 없어진 어떤 체험이 있었다고 오히려 말해야 할 것이다.

그는 사물들이 본디 모습을 되찾아 의미로 충만한 말들, 이제 더 이상 기호가 아닌 말들이 그 의미와 온전하게 결합하는 자리에 들어서 있었다. 물론 이 본디의 사물들 속에 아파트와 자동차를 비롯하여 이 문명의 무서운 기계들은 포함되지 않는다. 그것들은 폐허가 되어 무너져가는 모습으로 이따금 시에 나타났다. 그는 마치 이 세계가 멸망한 다음 날 아침 그 문명의 잔해들을 바라보듯 이 세상을 바라보고 있다.

오랫동안 혼란 속에 떠돌았던 최승자는 이렇게 자신이 한 번도 누리지 못했거나 오래 누리지 못했던 것들이 없어져버린 듯한 자리에서 관념이면서 동시에 사물인 것들을 만나고 있었다. 우리가 어느 날 잠깨어 일어나 이 자본주의의 '주어 없는' 욕망들이 송두리째 사라져버린 아침을 맞게 된다면, 아마 우리도 이 시인처럼 사물을 볼 것이다.

그러나 최승자는 자신의 시상視像을 순진하게 이 문명의 대안으로 제시하지는 않았다. 그에게서 구상과 추상의 결합은 하나의 덩어리가 된 시간(또는 무시간)에 대한 인식으로 귀결된다. 오래된 것들과 덜 오래된 것들을 하나도 빠짐없이 현재의 공간에서 다시 만난다는 이 생각은 지금 이 시간의 깊이를 말하기보다, 아무것도 해결한 것이 없는 역사의 허무에 대해 더 많이 말한다. 태초에 얼버무렸던 문제들은 지금 또 다시 얼버무려야 할 세계의 문제로 남아 있다. 대안은 역사를 전제로 하는데 역사는 어떤 문제도 해결한 적이 없다. 그래서 시인은 이 문명이 멸망한 뒤에나 만나게 될 세계를 '멀리 쓸쓸하게' 바라보면서, 자기 시를 그 세계로 옮겨 놓고 싶어할 뿐이었다. 최승자는 욕망의 피안에 서 있었다.

마지막 시집 『물 위에 씌어진』이 발간된 후, 벌써 3년이 지났으나 최승자는 소식이 없다. 대전 근처의 정신병동에서 요양하고 있다는 말을 들었으나, 확실한 것은 아니다. 김정환은 마지막 시집의 뒤표지에 추천의 말을 쓰면서 이렇게 끝을 맺었다.

"……기어코 울음이 터지기 전에, 승자야, 승자야, '오늘도 하늘 도서관에서 낡은 책 한 권 빌'리는 것은 얼마든지 좋겠으나 행여 '꿈에 꿈에 떠날 일이 있더란다 갓신 고쳐 매고 떠날 일이 있더란다' 그딴 얘기 다신 말고, '그리하여 오늘 오늘 오늘 내가 죽고' 그딴 생각 정말 말고 들어다오. '하룻밤 검은

192

밤', '죽지 말라고', '누가 자꾸 내 이름을 불러주'던 그 목소리를. 그 목소리가 바로 더 미친 바깥 시인들 목소리고 네 목소리다 승자야, 네 이름이 승자 아니더냐."

김정환이 여기서 인용하는 구절들은 시 「꿈에 꿈에」와 「하룻밤 검은 밤」에 들어 있는 시구들이다. 시인의 이름 '승자'는 이기는 자다. 최승자가 어디에 있건 그는 이기는 자다. 그는 한 번도 항복한 적이 없다.

최승자의 세 번째 시집 『기억의 집』에 실린 시 「기억하는가」의 전문을 적는다.



　　기억하는가
　　우리가 처음 만나던 그 날.
　　환희처럼 슬픔처럼
　　오래 큰물 내리던 그 날.

　　네가 전화하지 않았으므로
　　나는 잠을 이루지 못했다.
　　네가 다시는 전화하지 않았으므로
　　나는 평생을 뒤척였다.

.

20

신춘문예를 생각한다

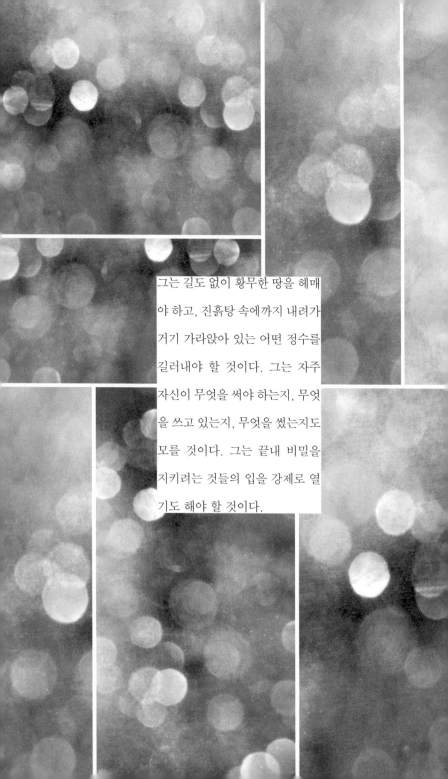

그는 길도 없이 황무한 땅을 헤매
야 하고, 진흙탕 속에까지 내려가
거기 가라앉아 있는 어떤 정수를
길러내야 할 것이다. 그는 자주
자신이 무엇을 써야 하는지, 무엇
을 쓰고 있는지, 무엇을 썼는지도
모를 것이다. 그는 끝내 비밀을
지키려는 것들의 입을 강제로 열
기도 해야 할 것이다.

전국의 문학 지망생들이 가슴 설레고 있을, 또는 조이고 있을 계절이 왔다. 일간지들의 신춘문예 작품공모 마감일이 대개 12월 초순이니 이제 남은 기간이 한 달 남짓. 오랫동안 구상하고 집필해온 작품을 마지막으로 손질하는 사람들, 이미 완성된 여러 작품 가운데 한두 편을 고르는 사람들이 많을 것이다. 이제야 겨우 집필을 시작하여 벼르고 벼르던 생각을 마침내 작품으로 옮겨놓으려는 사람들도 없지 않을 것 같다.

문단에 등단하는 길이 다양해졌고 그래서 일각에서는 신춘문예가 불필요하다는 의견에 더해 그 폐단을 말하는 사람들도 나타났지만, 여전히 신춘문예는 문학에 뜻을 둔 예비문인들에게 가장 확실한 진입로이며 새롭고도 어두운 언어창조의 길을 탐색해온 순결한 정신들이 자신의 입지를 가장 신속하고 효과적으로 알릴 수 있는 길이기도 하다. 문학계 전반의 관점에서는 검증 받은 후속부대를 일거에 확보할 수 있을뿐더러, 등단 제도 아래 감추어진 여러 층위의 문제를 성찰하게 하는 계기를 정기적으로 마련해준다는 점도 그 부수적 효과라고 말할 수 있다.

현재 작동되고 있는 등단 제도의 폐단에 관해 말한다면, 그것은 제도의 문제이기보다 오히려 사람의 문제라는 생각이 들기도 한다. 그러나 사람의 문제가 어떤 방식으로건 제도와 얽혀 있다는 것은 문학하는 일에서도 마찬가지다. 여러 해 전에는 한 시인이 문단 등단에 얽힌 비리를 폭로하는 글을 자신이 주관하는 시 잡지에 발표하여 문학계에 큰 논란을 일으키기도 했다. 문학과 관련된 일에 종사하는 사람들은 그 내용이 허망하지 않다는 것을 대개 알고 있었다. 문학을 업으로 삼는 사람들의 삶은 정신적으로나 경제적으로나 매우 고달픈 것이지만 시나 소설을 쓰겠다고 마음먹는 사람들의 수는 결코 줄어들지 않는 처지에서, 실질적으로 문학계를 형성하는 잡지들의 지면이 이 열정을 모두 담아낼 수는 없다. 처음부터 '등단 장사'를 목적으로 발간되는 잡지들이야 말할 것도 없고, 간혹 뜻은 크나 운영이 어려운 잡지들도 이 넘치는 열정들을 이용하고 싶은 유혹에 빠진다.

이들 잡지가 노리는 것은 물론 허영에 부풀어 있는 아마추어 문인들이며, 시인이나 소설가라는 명칭을 사교적 장식으로 이용하려는 한량들이다. 허나 그 중에는 문학에 적잖은 수련을 쌓고 나름대로 중요한 작업을 해왔으나 그 시도가 너무 독특해서, 나이가 너무 많아서, 내세울 학력이 없어서, 때로는 조심성이 지나쳐서 주목을 받지 못하는 문학 지망생들도 없지 않다.

나로서는 등단과 비등단을 칼 같이 가르는 우리의 문학 풍토 자체가 좋은 것이 아니라고 생각한다. 문학에 크게 뜻을 둔 사람이라면 그가 어느 단계에 있건 시인이나 소설가로 자처할 권리가 있으며, 우리가 그를 그 이름으로 불러주어 나쁠 것이 없다. 물론 그가 그런 이름을 얻고 나서도 문학하는 사람들과 뜻

있는 독자들에게 확고한 인정을 받기까지는 극히 험난한 길이 아직 남아 있다.

최근 몇 년 사이에 서울과 지방에서 숫자가 너무 많다 싶을 정도로 여러 문학잡지들이 그 나름의 목표를 내걸고 창간되었다. 개중에는 규모가 작아도 알찬 동인지들이 간혹 눈에 띄고, 인터넷 문학 사이트에도 이름 없는 신인들의 좋은 작품이 가끔 올라온다. 이런 매체들이 신인 선발기능의 상당 부분을 담당함으로써 그 효과가 예비문인들의 갈증을 해소시킬 뿐만 아니라, 등단의 길이 턱없이 넓어지기까지 했다. 그러나 등단이라는 말이 남아 있는 한 '등단 꼬리표 팔기'의 폐단은 사라지지 않는다.

신인을 선발할 때 심사를 하는 사람과 심사를 받는 사람의 입장이 같을 수는 없다. 심사하는 사람이 좋은 작품을 만난다는 것은 그에게도 행운이나, 행운은 드물기에 행운이다. 심사위원들은 높이 쌓인 원고뭉치를 검토하면서 당선작이 없는 사태에 직면하지 않을까 늘 걱정한다. 그러나 투고자들은 심사위원들의 고식적인 태도로 인해 자신의 작품이 빛을 보지 못했다고 자주 한탄한다. 독창적인 시도에 열정과 노력이 동반한 작품은 누구의 눈에라도 띄게 마련이지만, 오해 속에 시들어버린 재능이 세상에 없었던 것은 아니다. 그 재능을 미리 발견하고 여기저기서 돋아나는 싹들의 힘을 찾아 올곧게 키워내기 위해서는 그 재능을 알아볼 수 있는 재능이 필요하고, 그 위에 끔찍하리만큼 많은 정성과 시간을 바쳐야 한다.

문단이나 시단이라는 말이 가리키는 바는 모호하나 그것이 문학하는 사람들의 공동체적 열정을 암시하는 것은 확실하다. 글쓰기는 개인들의 독창적인 작업이지만, 문학을 사회적 필수 기능으로 만드는 것은 이 공동체적 열정이다. 변두리에 머물러 있는 한 열정의 소외는 곧바로 문학 전체의 소외로 이어진다.

신춘문예의 진정한 순기능도 아마 거기 있을 것이다. 몇몇 중요한 일간지들이 신춘문예 제도를 만들었을 때는 이 제도로 등단한 작가들에게 발표의 기회도 제공했다. 이제는 문예활동 전반이 문학잡지를 중심으로 펼쳐지기에 일간지들이 시 소설 등의 창작품을 게재하는 일은 거의 없지만, 신춘문예 제도를 없애지는 않았다. 그래서 신춘문예는 한 매체를 위해 복무하는 작가들을 뽑는 일이 아니라, 문학이 사회적 공공성을 지닌 활동임을 늘 새롭게 확인하는 축제가 되었다.

한 인간이 작가로 다시 태어난다는 것은 순결한 빛의 세계와 이 거친 현실을 연결하려는 특별한 열정에 대한 자각과 같다. 신춘문예는 이 열정의 자각을 기리고, 이 세상의 희망 하나가 거기 있음을 한 해가 저물고 새해가 돌아 오를 때마다 선포한다.

지금 이 시간에 가슴을 설레고 있을, 또는 조이고 있을 순결한 정신들을 위해 정화진 시인의 시 두 편을 다시 읽는다. 정화진 시인은 1986년에 등단하여 『장마는 아이들을 눈 뜨게 하고』와 『고요한 동백을 품은 바다가 있다』 등 두 권의 시집을 세상에 내놓았다. 이후 사반세기가 다 되도록 활동을 중단하고 있지만, 저 열정이 식지는 않았을 것이다. 두 시집에서 한 편씩 인용한다. 먼저 「박우물」.

둥글게 내 볼을 파갔어, 박바가지였어

그래도 있잖아, 새색시였어

이쁘게 들여다보는 새벽이었어

떨려 온몸이 파들거렸지 뭐


하늘이 몇 번 우그러지고 펴지고 그랬어


제목으로 쓴 '박우물'은 바가지로 물을 뜰 수 있는 얕고 작은 우물이다. 그 우물에 밤새 고인 물을 어느 새색시가 바가지로 퍼냈다. 물의 얼굴이 잠시 움푹 파이면서 일렁거렸다. 물의 온몸이 떨리면서 그렇게 파들거렸다. 우물의 물과 새색시의 바가지가 만나는 그 순간을 시인은 성적 흥분상태로 표현한다. 글 쓰는 사람들이 흔히 영감이라고 부르는 것과 그 글의 관계도 이와 다르지 않을 것이다. 수면이 요동하며 거기 비친 하늘이 우그러졌다 펴지듯, 작가가 어떤 진실을 만나 그것을 글로 옮길 때도 뜨거운 전율 하나가 그의 존재를 관통할 것이다. 글쓰기의 축복이 이와 같다.

그러나 한 사람의 작가에게, 그가 글로 써야 할 생각과 그 글의 관계가 늘 이렇게 행복한 것만은 아닐 것이다. 새벽마다 우물에 고이는 물처럼 그가 써야 할 것들이 늘 그의 발끝에 고여 그를 기다리고 있지는 않을 테니 말이다. 그는 길도 없이 황무한 땅을 헤매야 하고, 진흙탕 속에까지 내려가 거기 가라앉아 있는 어떤 정수를 길러내야 할 것이다. 그는 자주 자신이 무엇을 써야 하는지, 무엇을 쓰고 있는지, 무엇을 썼는지도 모를 것이다. 그는 끝내 비밀을 지키려는 것들의 입을 강제로 열기도 해야 할 것이다. 그래서 읽게 되는 또 한 편의 시는 다음과 같다. 제목은「고요한 동백을 품은 바다가 있다」.

토막난 길들을 이으며 강은
탐욕스레 삶의 안팎으로 흘러간다
때로 사람들이 정처없이 발을 빠뜨리고 마는
저 강의 하구에
물컹거리는 무덤들의 바다가 있다
무수한 분묘이장공고를 나부끼며
그 무수한 분묘이장공고를 펄럭이며
고요한 바다가
동백을 품은 채 누워 있다
낡은 옷의 사람들이 절름거리며
그들 몫의 생애를 건너가고 있을 때


삶의 안팎으로 흘러가는 강물은 아마도 우리의 욕망, 좋기도 하고 나쁘기도 한 욕망일 것이다. 욕망이 잇지 못하는 길은 없다. 강의 하구는 그 욕망의 무덤들이다. 파도를 타고 한 번 출렁인 욕망은 다른 파도에 그 욕망을 넘겨준다. 파도가 그렇게 출렁이고 "분묘이장공고"가 그렇게 펄럭인다. 그러나 그 욕망의 파도 아래에는 시들지도 않고 떨어진 "동백"도, 그 순결한 욕망도 함께 가라앉아 있다.

이제 작가가 되려고 제 펜의 날을 가는 사람도 제 욕망과 세상의 욕망이 출렁이는 강을 건너가려고 특별한 다짐을 할 것이다. 그의 탐색이 어디에 이를지는 알 수 없으나, 그의 노력이 헛되지는 않을 것이다.

21

백석의 『사슴』 — 잃어버린 낙원과 잃어버린 깊이

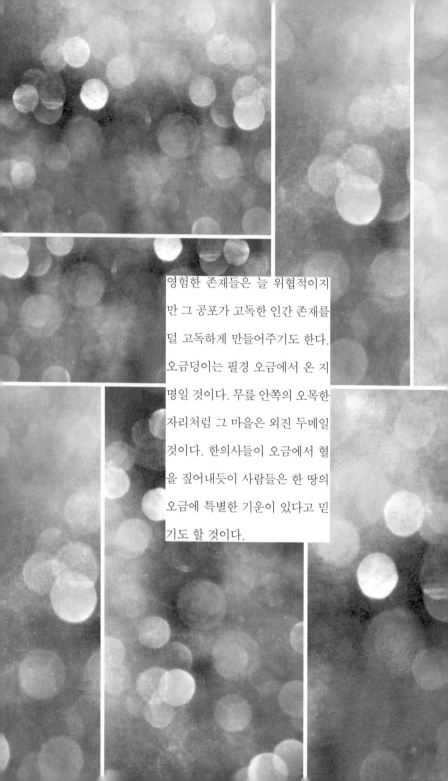

영험한 존재들은 늘 위협적이지만 그 공포가 고독한 인간 존재를 덜 고독하게 만들어주기도 한다. 오금덩이는 필경 오금에서 온 지명일 것이다. 무릎 안쪽의 오목한 자리처럼 그 마을은 외진 두메일 것이다. 한의사들이 오금에서 혈을 짚어내듯이 사람들은 한 땅의 오금에 특별한 기운이 있다고 믿기도 할 것이다.

백석의 시집 『사슴』 초간본이 경매에 나왔고 낙찰가가 7천만 원이라고 한다. 『사슴』에 관해서는 내게도 아프다고 말해야 할 추억이 있다. 유신 막바지인 1979년이었던 것으로 기억한다. 사실 그것은 『사슴』이라고 말할 수 있는 것도 아니었다. 어느 출판사에 근무할 때인데, 편집부원 한 사람이 『사슴』의 복사본을 품고 와서 숨죽인 목소리로 자랑했다. 남북분단 이후에도 북한에 거주하며 문인으로 활동했던 백석의 시집을 철조망 이쪽 사람이 지니고 있다는 행위 자체만으로 경찰서에 끌려갈 사유가 충분하던 시절이다. 내가 탐을 내자 그는 품속에서 붉은 표지의 복사본을 한 권 더 끄집어냈다.

퇴근 후 집에 돌아오자마자 그 얇은 책을 펼쳤으나 책장 한 장을 넘기기가 어려웠다. 내 손에 쥐어진 책은 복사본을 다시 복사하고 그것을 다시 복사하는 식으로 대를 이어 원본의 5대 손쯤 되는 책이었다. 활자는 뭉개지고 여기저기 탈자가 있었으며, 두세 줄의 시구가 잘려나간 페이지도 없지 않았다.

장애는 그것뿐만이 아니었다. 남녘에서 자란 내게 평북 사투리가 줄마다 박혀 있는 시는 랭보나 말라르메의 그것보다 낯설게 보였다. 두 줄로 끝나는 짧은 시 「노루」의 경우는 복사 과정에서 뒷부분이 잘못 지워져버린 것은 아닌지 의심스럽기도 했다. 아무튼 책장을 끝까지 넘기긴 했지만 머릿속에 남아 있는 것은 북녘의 어느 땅, 제삿날에 모인 친척들이 음식을 먹는 장면뿐이었다.

『사슴』이 몰래 찍은 활판본으로 다시 나온 것은 저 치열했던 80년대 초였고, 나는 백석을 조금 더 낫게 읽을 수 있었지만, 주변에 평북 사투리에 대해 조언해줄 사람은 여전히 없었다. 이동순이 체계를 갖추어 편찬한 『백석시전집』이 출간된 것은 1987년이다. 백석의 시가 눈에 들어오기 시작한 것은 전집에 실린 낱말풀이 덕택이었다. 그러나 복사본의 무서운 추억은 여전히 남아 있어서, 나에게서 백석은 그 후에도 오랫동안 저 어두운 '오금덩이'를 쉽게 벗어나려 하지 않았다. 그러나 백석은 오히려 햇볕 속의 사람이다.

김현은 김윤식과 함께 쓴 『한국문학사』(1973)에서 백석이 샤머니즘에 탐닉했다고 여기며, 그 두 가지 위험을 지적했다.

"그것이 긍정적 세계관의 내용을 이룰 때 그것은 환상과 주술의 세계로 들어가 인간을 말살해버리며, 그것이 비극적 세계관의 내용을 이룰 때는 숙명론으로 인간을 이끌어 인간의 자유의지를 말살해버린다. 백석이 간 길은 후자의 길이다."

이 견해는 자료의 발굴과 연구자들의 노력에 의해 곧 수정되었지만, 백석이 샤머니즘에 탐닉했다는 김현의 주장이 어디에 바탕을 두고 있는지 나로서는 여전히 의문이다. 역시 자료가 부실했던 탓도 있고, 이른바 북방정서와 연결된 후기시를 폭넓게 읽을 수 없었던 사정 때문이기도 하겠으며, 거기에 더하여 평북 사투리의 어두운 장막이 백석을 '오금덩이'에 갇힌 사람으로 여기게 하였을 가능성도 없지 않다.

 이제 와서 백석을 샤머니스트로 보는 사람은 없지만, 그것으로 충분하지는 않다. 『사슴』에서 샤머니즘과 관련된 여러 장소가 시의 주제가 될 뿐만 아니라 초기 백석의 시적 체험이 그 장소들과 자주 연결되는 데도 불구하고, 그가 무속에 일정한 거리를 유지하고 있다는 사실은 시인으로서의 그의 재능을 증명하기까지 한다. 그는 그 어둑한 곳에서 깊이를 보는 것이 아니라 깊이였던 것을 보고 있다. 먼저 「오금덩이라는 곳」을 고형진이 엮은 『정본 백석 시집』(2007)에 따라 적는다.

 어스름저녁 국수당 돌각담의 스무나무 가지에 너귀의 탱을 걸고 나물매 갖추어놓고 비난수를 하는 젊은 새악시들
 ─ 잘 먹고 가라 서리서리 물러가라 네 소원 풀었으니 다시 침노 말아라

 벌개늪역에서 바리깨를 두드리는 쇳소리가 나면
 누가 눈을 앓아서 부증이 나서 찰거머리를 부르는 것이다
 마을에서는 피성한 눈숡에 저린 팔다리에 거머리를 붙인다

 여우가 우는 밤이면
 잠없는 노친네들은 일어나 팥을 까리며 방뇨를 한다
 여우가 주둥이를 향하고 우는 집에서는 다음날 으레히 흉사

가 있다는 것은 얼마나 무서운 말인가


"국수당"은 귀신 모시는 국사당이고, "녀귀의 탱"이란 제사 지내주는 사람이 없는 귀신의 그림이다. 마을 "새악시들"이 잿밥을 차려놓고 손을 비벼 빌며 그 원혼을 달래려 한다. "벌개늪역"은 '벌건 빛깔의 늪가'라고 고형진은 풀이한다. 거기서 "바리깨" 곧 놋주발 뚜껑을 두드려 찰거머리를 잡는다. 찰거머리를 피멍이 든 "눈숡" 곧 눈시울이나 부종 난 곳에 붙이면 낫는다고 마을 사람들은 믿는다. 여우가 우는 밤이면, 노인들은 땅에 팥을 깔고 오줌을 눈다. 팥도 오줌도 모두 사귀를 쫓는 효험이 있다고 옛사람들은 믿었다. 노인들이 이런 방비를 하는 것은 "여우가 주둥이를 향하고 우는 집에서는 다음날 으레히 흉사가 있다"고 믿기 때문이다.

"오금덩이라는 곳"에는 온갖 종류의 속신이 있고, 마을 사람들은 그 속신에 의지해서 산다. 속신의 관습은 사람들이 미개하기 때문에만 지속되는 것이 아니다. 이 소박한 종교는 한 인간이 삼라만상과 일정한 관계를 맺고 있다는 믿음을 강화시킨다. 또한 이 종교는 자기 안의 타자와 조화롭게 교섭하는 방식이다.

영험한 존재들은 늘 위협적이지만 그 공포가 고독한 인간 존재를 덜 고독하게 만들어주기도 한다. 오금덩이는 필경 오금에서 온 지명일 것이다. 무릎 안쪽의 오목한 자리처럼 그 마을은 외진 두메일 것이다. 한의사들이 오금에서 혈을 짚어내듯이 사람들은 한 땅의 오금에 특별한 기운이 있다고 믿기도 할 것이다. 그러나 시인은 그 속신을 관찰할 뿐 거기에 참여하지는 않는다. 그는 오금덩이를 '오금덩이라는 곳'으로 지칭하여, 자신이 외부인임을 명시한다.

그는 속신의 서사에 마음 움직이기도 하지만 그것을 분석하고 비평하는 식으로만 움직인다. 그는 여우가 예고하는 흉사에 무서움을 느끼지만, 그것이 '얼마나 무서운 일인가'라고 말하지 않고 "얼마나 무서운 말인가"라고 말한다. 그는 사실을 믿기 때문에 두려운 것이 아니라 속신을 만들어낸 상상력에서 공포를 발견한다. 그는 깊이 밖에서 깊이였던 것을 본다. 근대인인 그에게 속신의 깊이는 벌써 사라졌지만 그가 느끼는 공포에 깊이가 없다고 할 수는 없다.

시인은 결코 샤머니즘을 신봉하지 않았지만, 식민지 귀신의 잃어버린 영험의 깊이를 어떻게 시의 깊이로 채울 수 있을까를 늘 생각했다.

한편 『사슴』에는 잔칫날이나 제삿날 일가친척들이 모두 모여 풍족한 음식을 먹고 따뜻한 방에서 행복한 시간을 누렸던 이야기를 주제로 삼은 시들이 있다. 잃어버린 낙원의 시와 잃어버린 깊이의 시는 사실 같은 정신에서 나온다. 시 「고야」는 말 그대로 옛날의 밤이라는 뜻의 제목이다. 실낙원의 시로 가늠할 수 있는데, 샤머니즘의 주제가 겹쳐 있다. 다섯 토막으로 되어 있는 이 시의 마지막 토막을 적는다.

섣달에 냅일날이 들어서 냅일날 밤에 눈이 오면 이 밤엔 쌔하
얀 할미귀신의 눈귀신도 냅일 눈을 받노라 못 난다는 말을 든든
히 여기며 엄매와 나는 앙궁 위에 떡돌 위에 곱새담 위에 함지
에 버치며 대냥푼을 놓고 치성이나 드리듯이 정한 마음으로 냅
일눈 약눈을 받는다

이 눈세기물을 냅일물이라고 제주병에 진상항아리에 채워두
고는 해를 묵여가며 고뿔이 와도 배앓이를 해도 갑피기를 앓어
도 먹을 물이다.

"냅일"은 납일臘日, 곧 동지 뒤에 세 번째 미일未日을 말한다.
옛날에는 이 날을 깨끗하고 거룩한 날로 여겼다. 이 날 내리는
눈이 납일눈이며 민간에서는 그 눈을 녹인 물에 약효가 있다고
믿었다. 여기서도 중요한 것은 이 세상에 어떤 깨끗함이 있다
는 믿음이며, 그것이 구체적인 물질로 존재한다는 것을 확인하
는 기쁨이다.

시인은 이 시를 과거형으로 쓰지 않는다. 특히 이 마지막 토
막에서는 민간 약사들이 처방전을 쓰듯이 쓴다. 납일눈을 받던
것은 옛날의 일이지만 납일은 여전히 찾아온다. 그것은 잃어버
린 것의 끝없는 회복과 같다. 『사슴』은 실낙원의 시집, 다시 말
해서 가장 늦게까지 남아 있을 낙원의 시집이다.

그런데 시집 『사슴』에는 '사슴'이라는 시가 없다. 그 대신

「노루」라는 두 줄짜리 짧은 시가 들어 있다.


> 산골에서는 집터를 츠고 달궤를 닦고
> 보름달 아래서 노루고기를 먹었다


'집터를 츤다'는 말은 집터를 마련하기 위해 땅을 고른다는 뜻이고, '달궤를 닦는다'는 말은 '달구'를 이용하여 땅을 다진다는 뜻이다. 옛날 시골에서 이런 일은 마을 사람들의 울력으로 이루어졌다. 그리고 일 끝에는 작은 잔치가 있다. 그 잔치에 노루고기가 나왔다. 달밤이다. 아름답고 행복하다. 물론 옛날의 일이다. 가장 쉽게 잃어버리는 것이 또한 낙원이다. 시는 잃어버린 것을 마음에 묻어두고 다시 얻어야 할 것을 생각해낸다.

백석은 현대적이다. 그를 미당과 비교할 때 그 점이 두드러진다. 백석은 잃어버린 것을 잊어버리지 않아야 할 것으로 이야기한다. 미당에게는 잃어버린 것이 없다. 미당에게 현재는 여전히 신라이고 조선이다. 백석에게 현재는 잊어버리지 않아야 할 시간이다.

22

윤극영, 어린이 한국

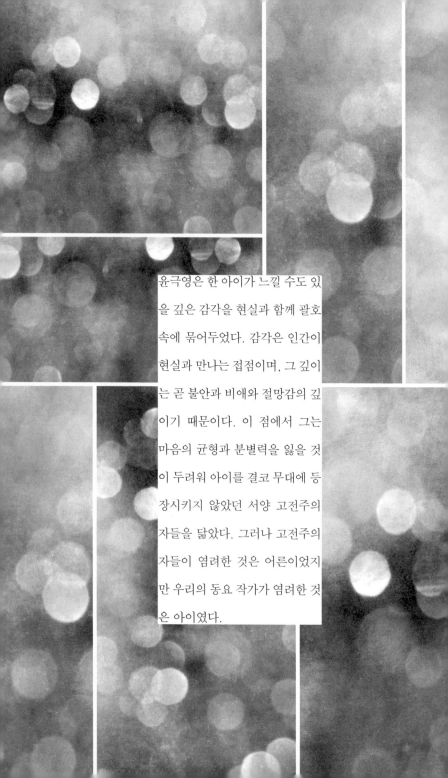

윤극영은 한 아이가 느낄 수도 있을 깊은 감각을 현실과 함께 괄호 속에 묶어두었다. 감각은 인간이 현실과 만나는 접점이며, 그 깊이는 곧 불안과 비애와 절망감의 깊이기 때문이다. 이 점에서 그는 마음의 균형과 분별력을 잃을 것이 두려워 아이를 결코 무대에 등장시키지 않았던 서양 고전주의자들을 닮았다. 그러나 고전주의자들이 염려한 것은 어른이었지만 우리의 동요 작가가 염려한 것은 아이였다.

2014년 11월 15일은 윤극영의 26주기가 되는 날이었다. 서울시는 유족의 뜻을 받들어 그가 살던 집을 '서울시 미래유산 제1호'로 지정하고 시민들에게 공개했다.

내 나이 또래의 한국인들에게 윤극영은 특별한 사람이다. 그는 전란 직후의 황막한 세계에서 바로 우리들이었던 어린이들에게 노래의 개념과 시의 개념을 함께 가르쳤다. 초등학교 시절 음악책에 실렸던 많은 노래들을 윤극영이 작사하고 작곡했다는 사실을 이미 그때에 알았더라면, 훗날 시는 곧 노래라는 말을 들을 때 맨 먼저 떠올려야 할 사람은 바로 그 사람이다.

윤극영의 유족들이 '현대문학사'와 함께 펴낸『윤극영 전집』(2004)에 의하면, 그는 110여 편의 동요를 작곡했으며 동요 동시 100편을 썼다. 그가 한국 최초의 전문적 동요 작가로 우리 아동문학에 하나의 기원을 세우고 오랫동안 그 전범이 되어온 점은 부인할 수 없다.

1923년 방정환, 손진태, 마해송 등과 색동회를 조직하고 어린이날을 제정할 때, 그는 어린이들에게 새로운 역사를 위한 단절의 자리를 마련해주어야 한다는 생각을 품었다. 이때 단절은 우선 과거와의 단절이었지만 상당 부분은 현실과의 단절이기도 했다. 윤극영은 여러 산문에서 자신의 창조활동을 줄곧 민족적·사회적 책무감과 연결시키고 있지만, 자신의 동요 속에 본래적인 의미에서의 사회적 내용을 담지는 않았다.

그의 문학세계에 있어 어른의 세계와 아이의 세계 사이에는 두터운 칸막이벽 같은 것이 설치되어 있다. 그리고 이 칸막이벽은 아이들을 그 안에 가두기 위해서라기보다 외부 풍속의 접근을 차단하는 데 더 큰 기능이 있다. 그래서 그 안의 세계는 점령지에 둘러싸인 마지막 자유의 땅을 방불케도 했다.

생활 현장과 주변의 자연 사물에서 동요의 소재를 얻고 있기에 거기에 환상적이거나 비현실적인 내용은 없지만, 주제를 다루는 특별한 태도에 의해 그 내용은 삶의 구체적 드라마와 항상 일정한 거리를 유지한다. 윤극영은 이 태도를 그의 수백 편 동요에서 고루 유지하고 있기에, 어린이의 격리 보호가 그들 작품 전체를 아우르는 숨은 주제이자 그 사회적 내용이라고 말하는 것도 가능하다.

이런 특징은 그의 초기 동요에서 특히 두드러진다. 초기의 걸작 「반달」에 대해 윤극영 자신은 이 노래가 누이 잃은 설움을 기본 정조로 깔고 있으며, 민족의 진로를 찾으려는 염원으로 결론을 삼았다고 말하며, "멀리서 반짝반짝 비치이는 건 샛별 등대란다 길을 찾아라"로 끝나는 제2절을 생략하지 말고 불러줄 것을 부탁한다.


        푸른 하늘 은하수 하얀 쪽배엔
        계수나무 한 나무 토끼 한 마리

돛대도 아니 달고 삿대도 없이
가기도 잘도 간다 서쪽 나라로

은하수를 건너서 구름나라로
구름나라 지나선 어디로 가나
멀리서 반짝반짝 비치이는 건
샛별 등대란다 길을 찾아라


　그러나 "돛대도 아니 달고 삿대도 없이 가기도 잘도 간다"는
구절에서 곧바로 죽음에 대한 상념을 발견하기는 어렵다. 특히
"가기도 잘도 간다"는 대목에서는 잔잔한 물결 위로 희망을 담
고 흘러가는 쪽배를 연상하는 사람도 적지 않을 것이다. 여기
에는 깊고 청량한 그리움이 있지만, 그 동경의 내용은 순결한
만큼 개인적 정서를 넘어선다. "샛별 등대"가 어둠 속에서 진
로를 모색하고 창출하려는 의지와 관련되었다는 것은 자명하
다. 그러나 이 경우에도 이 염원이 특정한 사회의 시대적 명제
라기보다는 인류학적 소망에 해당한다고 보아야 옳다. 식민지
치하의 한국인뿐 아니라 일본인이건 중국인이건 달에 대해 동
일한 정서적 전통을 지닌 사람들이라면 같은 정한으로 이 노래
를 부를 수 있을 것이다.
　실제로 중국의 인민음악사人民音樂社에서 발간한 한 어린이 음
악 잡지는 이 노래를 "조선민요"로 소개하며, 그 악보와 중국

어로 번역된 노랫말을 싣고 있다. 이 창작곡이 민요로 오해된 데는 한국과 중국 사이에 문화정보의 소통이 원활하지 못했던 탓도 있고, 8분의 6박자의 서정성 깊은 박자와 '도 미 솔'을 위주로 한 소박한 선율에도 원인이 있겠지만, 무엇보다도 이 노래가 한 시대의 구체적 애환을 전달하기보다 인간의 기본 정서에 닿아 있다고 보았기 때문일 것이다. 당시 식민 당국의 가혹한 압제와 음악에 대한 일반의 몰이해를 염두에 둔다면, 이 노래가 획득한 보편적 정서는 현실을 뛰어넘어 이룩된 것이라기보다 현실을 괄호 속에 넣어 미래의 숙제로 남겨둔 데서 비롯된 것이리라고 판단해야 할 것이다.

「설날」도 우리가 오랫동안, 특히 가난한 시절에 많이 불렀던 노래다. 이 동요에는 호사로운 설빔과 풍족한 세찬, 널뛰기와 윷놀이 같은 흥겨운 유희, 호령과 꾸지람이 일시 중단된 가정 분위기 등이 간략하면서도 소상하게 열거된다. 그러나 이 노래는 세시의 풍정만을 흥겹게 전하려는 것이 아니다. 여기에도 일상으로부터 단절된 시간의 개념이 들어 있다. 윤극영에게 동요를 만들고 아이들과 함께 연습하는 시간은 설날의 특별한 아우라를 까치의 예고처럼 예행 연습하는 것이며, 그 감정을 그이후로까지 연장하는 일이었다.

"언제나 새해 첫날이 오면 다시 이 노래를 불렀다. 그러면서 이 노래는 제때가 아니라도 그런 기분을 내가며 늘상 불리곤 했다."

이것은 같은 유고에서 윤극영 자신이 하는 말이다. 중요한 것은 설날의 행복과 노래하는 시간의 다사로움이 아니라, 그 기쁨과 다정함 앞뒤로 불행한 시간과 적대적인 시선에 둘러싸여 있다는 것이다. 그러나 이 불행과 적대적인 시선의 포위가 그 도려내어진 시간에 신비로운 봉인으로 구실할 수도 있었을 것이다.

「고기잡이」는 경쾌하고 오락적인 기능이 강한 노래다.

고기를 잡으러 바다로 갈가나
고기를 잡으러 강으로 갈가나
이 병에 가득히 넣어가지고서
라라라라 라라라 온다나

선생님 모시고 가고 싶지마는
하는 수 있나요 우리만 가야지
하는 수 있나요 우리만 가야지
라라라라 라라라 간다나

솨솨솨 쉬쉬쉬 고기를 몰아서
어여쁜 이 병에 가득히 차며는
선생님한테로 가지고 온다나
라라라라 라라라라 안녕

노랫말은 그의 다른 동요와 마찬가지로 평이하지만 따져보면 의문이 없지 않다. 첫 대목에서 "고기를 잡으러 바다로 갈까나 고기를 잡으러 강으로 갈까나"라고 묻는데, 강에서의 고기잡이와 바다에서의 고기잡이가 그 규모와 방법에서 같은 것일 수 없다. 노래를 만든 사람과 부르는 사람이 고기잡이 자체보다는 말의 반복이 만들어주는 선율의 흥분을 더 즐겼을 것이 틀림없다. 전체가 4행련 3절로 되어 있는 이 노래는 고기잡이를 떠나서 목표를 달성하고 돌아오겠다는 계획을 매우 간략하게 제시하는 가운데 "선생님 모시고 가고 싶지마는"이란 말처럼 선생님과 함께 떠나고 싶은 학생들과 그럴 수 없는 선생님 간의 인간관계가 끼어들어 일종의 클로즈업 효과를 거두고 있기에 특별한 인상을 남긴다. 이는 선생과 학생들이 맺고 있는 돈독한 애정 이상의, 현실의 벽과 무게에 대해 어른과 아이들이 느끼는 차이를 말한다. 학생들이 "하는 수 있나요 우리만 가야지"라고 말할 때 현실의 암담한 무게는 떠나는 아이들의 등 뒤에 과거의 몫으로 남는다.

윤극영은 이 「고기잡이」에 대해서도 이야기했다. 유고『어촌의 역학』에서 그는 이 동요와 관련하여 헤밍웨이의 『노인과 바다』로 대표되는 "낭만과 의지의 역학"을 언급한 다음, 강과 바다에서 생활하는 사람들의 열정과 투지에 관해 이야기한다. 윤극영에게 이 경쾌한 '고기잡이'는 앞으로 오게 될 시대의 주인인 아이들이 거대한 강하나 난바다에서 벌이기를 기대하는 모험의 도정이었던 셈이다. 그러나 이 대해에의 모험은 계획단계에서부터 한 나절에 끝날 소풍으로 축약된다. 고기잡이에 참여할 수 없는 어른, 현실의 비루함과 야만스러움을 그만큼 크게 느끼는 어른의 심려가 아이들이 현실의 위험에 노출되는 것을 금했던 것이다.

아이들과 현실과의 대면을 꺼리는 어른의 검열은, 자주 아이들이 해야 할 생각을 어른이 대신하게 되는 결과에 이르기도 한다. 윤극영의 동요에서 아이들은 진정한 개인으로 등장하거나 말하는 경우가 드물다. 그의 동요에서 사물에 대한 정서는 한 아이가 특정한 정황에서 특별한 깊이로 획득하는 정서가 아니라 모든 아이들이 모든 정황에서 마땅히 느껴야 할 정서다. 이는 그에게 사물에 대한 구체적 감각이 부족했던 때문이 아니다. 그는 어떤 미미한 물건과 생활사에서도 적절한 시취를 끌어낼 줄 아는 감각을 지니고 있었다. 정치와 문화가 병들어 있는 시대에 어떤 종류의 날카로운 감각도 현실에 대한 불행한 인식에 이르고 만다는 것을 아는 그는 칼을 갑 속에 묻듯 감각의 날을 다스렸다. 다시 말해 그것은 끔찍한 장면 앞에서 어린애들의 눈을 가리는 것과 같은 행위였다.

윤극영은 한 아이가 느낄 수도 있을 깊은 감각을 현실과 함께 괄호 속에 묶어두었다. 감각은 인간이 현실과 만나는 접점이며, 그 깊이는 곧 불안과 비애와 절망감의 깊이기 때문이다. 이 점에서 그는 마음의 균형과 분별력을 잃을 것이 두려워 아이를 결코 무대에 등장시키지 않았던 서양 고전주의자들을 닮았다. 그러나 고전주의자들이 염려한 것은 어른이었지만 우리의 동요 작가가 염려한 것은 아이였다.

　윤극영은 말년에 이르러 드물게나마 자연에 대한 선연한 감정을 아이의 독자적 목소리로 말하는 동시를 썼다. 다음은 「꽃길」 전문이다.


　　　엄마 하고 불렀더니
　　　아빠 얼굴 떠오르고
　　　아빠 하고 불렀더니
　　　엄마가 웃으며 달려 오신다

　　　왜 안 그래
　　　산이 산이 높아도 물 속에 깃들고
　　　물이 물이 깊어도 그 소리 산을 넘는데
　　　바람은 울긋불긋 무지개다리

　　　옥이야 철이야 모두 오너라
　　　줄 대어 그 위에서 발을 구르면
　　　무겁다곤 안 할거야 떠받쳐 줄거야
　　　좋아라 가락 높여 삼천리 꽃길을 가자


　이 동시는 아이를 격려하는 어른의 교훈적인 목소리로 마지막 연을 마감하고 있지만, 가족 간의 기이할 정도로 깊은 정을 자연에 대한 색다른 시선과 일치시키는 시선은 분명 제 감정의 깊이를 스스로 짚을 줄 아는 한 아이의 것이다.

어린이들이 어린이가 되고, 자연 사물에 대한 독자적 감각의 획득이 자아의 발견과 일치되기까지 이렇듯 많은 시간이 필요했다. 윤극영에게서 한 민족의 장래가 한 아이의 자아로 발전되는 이 과정은 한국 현대문학의 전개과정과 크게 다른 것이 아니다.

23

이용악의 고향

그가 1945년에 이 시를 서울에서 쓸 때, 그의 마음속에서 더 많이 해방된 곳이었기에 그 북쪽 고향에 그리움을 결부시킬 수 있었을 것이다. 그의 낙원은 미래에 있었고, 그리워하는 것도 그 미래의 낙원이었다. 미래가 고향이었던 그는 말의 본래 의미에서 미래파였다. 그 미래가 그를 낯선 시인으로 만들기도 했다.

이용악과 백석은 모두 1987년 월북작가 해금조치 이후에야 남쪽의 일반 독자들이 작품을 읽을 수 있었고 거의 같은 시기에 '시전집'이 출간된 시인들이지만, 남쪽에서 두 시인이 똑같은 인기를 누린 것은 아니었다. 이용악을 위해서는, 그의 이름을 붙인 상도 없으며, 그의 문학사적 업적을 정리한 논문들도 많지 않다. 그에게는 백석의 「나와 나타샤와 흰 당나귀」처럼 널리 애송되는 시도 없다.

이에 대해서는 먼저 정치적인 이유를 들어야 할 것이다. 남북이 분단될 때 백석은 북한에 몸을 둔 처지였으나, 이용악은 해방 후 정치범으로 감옥살이를 하다가 서울을 잠시 점령했던 인민군들과 함께 북한으로 넘어갔다. 게다가 이용악이 해방 공간에서 썼던 정치적인 시들은 서정적 울림을 오래 누리지 못했고, 거기 담긴 희망은 현실적으로 돌이킬 수 없이 좌절되었다. 그러나 일반 독자의 관점에서 본다면, 이용악의 시에는 그 서정성의 기저 자체에 우리 시대 사람들이 친근해지기 어려운 면이 없지 않다.

또다시 백석과 비교하게 되는데, 두 시인은 저마다 자기 고향과 북방을 노래했지만, 백석에게서는 따뜻한 고향과 삭풍 부는 북방이 분리되어 있는 반면 이용악에게서는 거의 언제나 그 둘이 겹쳐 있다. 그에게 고향은 찬바람 부는 곳이다. 그는 백석처럼 일가친척에 둘러싸인 적이 없으며, 풍성한 명절 음식을 함께 나눈 적이 없으며, 훈훈한 안방에서 또래들과 함께 뒹굴어본 적이 없다. 착한 귀신이건 불길한 귀신이건, 귀신이 그 삶 속에 영검을 잃은 모습으로라도 들어와 본 적이 없다. 비록 실낙원의 형식으로라도 낙원의 잔영을 그는 누리지 못했다.

'모던보이'였던 백석에게는 나타샤가 있고, 통영의 천희가 있고, 또 다른 여자들이 있다. 사실상 노동자였던 이용악의 여자들은 '팔려간 여자'이거나 '팔려온 여자'다. 그에게는 이른바 로맨스가 없다. 자연도 그를 위로해주지 않는다. "아름다운 나타샤를 사랑해서/오늘밤은 푹푹 눈이 내린다"고 말할 때의 백석의 눈과 이용악이 조국 해방 이후에야 겨우 나름대로 '그리움'을 담아서 "눈이 오는가 북쪽엔/함박눈 쏟아져 내리는가"라고 말할 때의 눈은 얼마나 다른가. 백석에게서 눈은 안식의 형식을 지닌다. 이용악은 제가 누릴 수도, 누려서도 안 될 위로를 함박눈에 부쳐 고향 땅에 보내려 한다. 그에게 자연은 꽃 한 송이라도 제 편에서 위로해 주어야 할 자연이다. 그래서 「오랑캐꽃」 같은 시는 시와 자연에서 위로를 구하려는 사람들에게 낯설다. 이 시는 『오랑캐꽃』(1947)의 표제시다.


아낙도 우두머리도 돌볼 새 없이 갔단다
도래샘도 띳집도 버리고 강 건너로 쫓겨 갔단다
고려 장군님 무지무지 쳐들어 와


230

오랑캐는 가랑잎처럼 굴러갔단다

구름이 모여 골짝 골짝을 구름이 흘러
백 년이 몇 백 년이 뒤를 이어 흘러갔나

너는 오랑캐의 피 한 방울 받지 않았건만
오랑캐꽃
너는 돌가마도 털메투리도 모르는 오랑캐꽃
두 팔로 햇빛을 막아 줄게
울어 보렴 목 놓아 울어나 보렴 오랑캐꽃


  시인은 이 시에 "오랑캐꽃"이라는 이름의 연원을 설명하는
작은 글을 앞세운다. 꽃의 모양이 우리 조상들과 맞서 싸우던
오랑캐의 머리채를 닮았기 때문이라 했다. 그러나 시인이 오랑
캐에 품는 적대감은 없다. 오히려 "아낙도 우두머리도" 돌보지
못하고, 살던 터전을 버리고 도망치는 오랑캐를 말할 때, 그는
이 야인들에게 우호적 시선은 아니더라도 최소한 이해와 공감
의 시선을 보낸다. 그들은 권력이 세력다툼을 할 때 그 사이에
서 횡액을 맞는 허약한 백성들일 뿐이다. 그들과 함께 오랑캐
꽃도 억울하게 타자가 되었다. 그 타자에게 위로의 팔을 벌릴
사람은 식민지의 백성으로 저 역시 타자가 되어 있는 여린 시
인밖에 없다. 그가 벌린 팔은 돌솥으로 밥을 하고, 짐승의 털로

미투리를 삼아 신는 이민족의 가련한 백성들도 함께 끌어안는다. 한때 적이었던 이민족의 백성들에게서, 핏줄과 국토의 경계를 넘어서서, 자신과 동일한 운명을 발견하고 그것을 말하는 시로서는 이 작품이 역사적으로 한국 최초다. 그 점에서 이 시는 현대적이지만, 또한 뿌리 뽑힌 현대의 삶을 식민지의 가난한 자연으로 대체 체험했다는 점에서도 현대적이다. 그가 산천을 바라볼 때, 본질적으로 뿌리를 잃은 식민지의 삶에 그 뿌리를 대신해줄 것은 어디에도 없었다.

사방을 둘러보아도 오늘의 암담함과 내일의 걱정밖에 없는 세계에서, 그는 서정시에 작은 이야기를 장치하는 기술에서도 탁월했다. 메마른 자연과 황폐한 삶에서 서정이 그에게 번져 들어올 수 없으니, 시인 자신이 그 메마름과 황폐함의 서사를 갖은 힘을 다해 붙들고, 거기서 서정의 물기를 자아냈다고 말하는 편이 더 옳을지도 모르겠다. 같은 시집에서 「강가」를 찾아 읽는다.


아들이 나오는 올겨울엔 걸어서라두
청진으로 가리란다
높은 벽돌담 밑에 섰다가
세 해나 못 본 아들을 찾아오리란다

그 늙은인

암소 따라 조이밭 저쪽에 사라지고
어느 길손이 밥 지은 자천지
끄슬은 돌 두어 개 시름겨웁다


'늙은이'의 아들은 무슨 일을 벌이고 청진 감옥에서 3년째 징역을 살고 있다. "높은 벽돌담"은 그 감옥의 담이다. 걸어서 가는 것은 노자가 없기 때문인데, 오는 길이라고 해서 노자가 있을 리 없다. 이 강가가 어느 강가인지는 시인이 말하지 않아 알 수 없지만, "걸어서라두"의 '라두'는 거기서 청진이 먼 길임을 말해준다. '데려오리란다'가 아닌 "찾아오리란다"가 서늘하다. 어떤 힘이 빼앗아간 아들을 다시 확보한다는 뜻을 담고 있기 때문이다.

시인은 이 말로 노인의 아들에게 무죄를 선고한다. 그에게 죄가 없기 때문이 아니라 사는 것이 모두 죄가 되는 세상에서 노인도 아들도 시인도 살고 있기 때문이다. 노인이 따라가는 암소는 물론 노인의 소유가 아니다. 짐승이나 다름없는 거동으로 조밭을 지나갔다는 말을 그렇게 하고 있을 터다.

그러나 울림이 가장 깊은 곳은 마지막 두 줄이다. 강가에 돌을 세워 아궁이를 만들고 그 위에 솥단지를 걸어 밥을 지었던 흔적이 있다. 어느 나그네가 지나갔던 자취다. 이 길손의 취사는 기능으로만 본다면 오늘날의 등산객이 버너와 코펠로 밥을 짓는 것과 다를 것이 없다. 다른 것이 있다면 이 강가의 "끄슬은 돌 두어 개"가 그 시절 한 가정의 부엌을 간소한 형식으로 다시 조립하고 있다는 것이다. 부엌은 가정의 중심으로 조왕신이 깃든 곳이다. 나그네는 혼자 몸으로 집을 이루고, 살 길을 찾아 그 집을 끌고 간다. 아마 노인도 청진까지 그렇게 밥을 지으며 갈 것이고, 청진에서 아들과 함께 그렇게 집을 짓고 허물며 돌아올 것이다. 제목은 「강가」다. 무심한 제목이다. "시름겨웁다"는 말로 끝은 맺었지만, 어찌 이 시름을 다 말할 수 있겠느냐는 듯이 무심하다.

앞에서 시 「그리움」을 잠시 끌어다 썼으니, 이 시의 마지막 두 연만 적고 읽으며 이야기를 끝내자.


    잉크병 얼어드는 이러한 밤에
    어쩌자고 잠이 깨어
    그리운 곳 참아 그리운 곳

    눈이 오는가 북쪽엔
    함박눈 쏟아져 내리는가


마지막 두 줄은 이 시를 시작하는 말이기도 하다. 쉽고 순탄하게 쓴 이 시에서, 당시만 해도 시 속에 들어가기 어려웠을 합성외래어 "잉크병"이 말의 순결한 흐름을 깨뜨리는 것 같기도 하다. 그러나 그 뒤를 잇는 "얼어드는"의 엄연한 현재성은 낱말 하나하나에 담긴 진실을 오히려 강화한다. 그래서 "얼어드는" 잉크병은 "참아" 이겨내지 못할 그리움에 동결되는 시인의 정신을 간결하면서도 심오하게 드러낸다. 얼어붙어 그리움에 함몰하는 시인의 정신은 시를 시작했던 첫 구절로 다시 돌아가 "눈이 오는가 북쪽엔/함박눈 쏟아져 내리는가"에서 멈춘다.

사실 이용악의 여러 시에서 그리움은 과거나 고향에 있지 않았다. 그가 1945년에 이 시를 서울에서 쓸 때, 그의 마음속에서 더 많이 해방된 곳이었기에 그 북쪽 고향에 그리움을 결부시킬 수 있었을 것이다. 그의 낙원은 미래에 있었고, 그리워하는 것도 그 미래의 낙원이었다. 미래가 고향이었던 그는 말의 본래 의미에서 미래파였다. 그 미래가 그를 낯선 시인으로 만들기도 했다.

24

사물이 된 언어 또는 무의미의 시

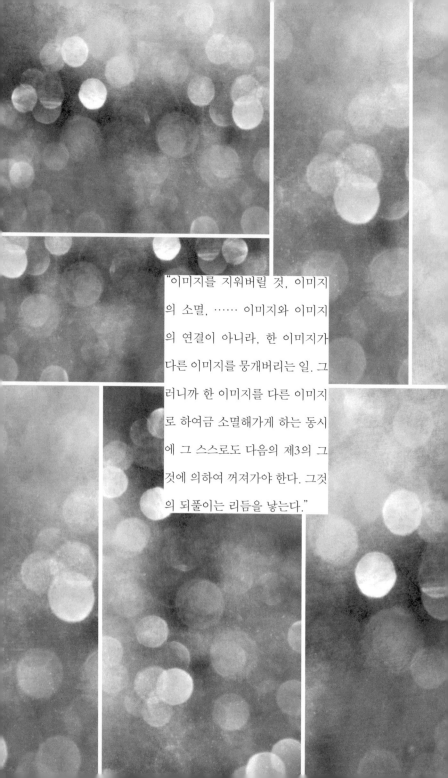

"이미지를 지워버릴 것, 이미지의 소멸, …… 이미지와 이미지의 연결이 아니라, 한 이미지가 다른 이미지를 뭉개버리는 일. 그러니까 한 이미지를 다른 이미지로 하여금 소멸해가게 하는 동시에 그 스스로도 다음의 제3의 그것에 의하여 꺼져가야 한다. 그것의 되풀이는 리듬을 낳는다."

한국 사람들이 '사물로서의 낱말'이니 '사물로서의 문장'이니 하는 말을 처음 접한 것은 김붕구 선생이 1959년에 번역한 사르트르의 『문학이란 무엇인가』에서일 것이다. 사르트르는 이 책에서 일반 사람들이 이런저런 사물을 '지시'하기 위해 말을 사용하는 데 비해, 시인은 그 말 자체를 위해 말을 사용한다고 썼다. 마치 추상화를 그리는 화가들이 화폭에 푸른색 붉은색을 칠하고 작곡가들이 오선지에 높은음 낮은음을 늘어놓는 것처럼, 시인들은 가지가지 색조와 음향을 지닌 낱말들을 시 속에 배열한다는 것이다.

푸른색 붉은색에 어떤 느낌이야 있겠지만 특정한 의미가 있는 것은 아니고, 악곡에서의 음도 평화나 공포 같은 감정을 담고는 있겠지만 그런 감정들을 지시하거나 의미하지는 않는다. 사르트르가 보기에는 시의 언어도 마찬가지다. 시인들은 바닷가에서 주운 조개껍질을 꿰어 목걸이를 만들듯, 낱말들을 자신의 법칙에 따라 엮는다. 그 말들은 그 자체가 사물이기에 다른 사물을 지시하지 않는다. 말이 지시기능을 버렸기에 그 말은 어떤 용도로 사용되지 않으며, 용도가 없기에 순수하다.

사르트르는 랭보의 시구 "오 계절이여, 오 성이여, 흠집 없는 영혼이 어디 있는가"를 예로 들었다. 그가 보기에 여기에는 질문을 하는 사람도, 질문을 받는 사람도 없다. 시인은 이 자리에 없다. 게다가 물음은 대답을 요구하지 않는다. 흠집 없는 영혼이 어디에 있다는 말도 아니고 없다는 말도 아니다. 이 질문은 돌이 돌이고 나무가 나무인 것처럼 그저 질문일 뿐이다. 돌이 절대적으로 돌인 것처럼, 이 질문은 절대적인 질문이다. 사르트르는 이렇게 말했지만 이 견해가 과장된 것은 사실이다. 시인이 이 자리에 없다고는 하지만, 세상살이에서 상처를 입은 한 정신이 이 상처를 이해할 수 있으리라고 믿는 다른 정신들에게 이 질문을 던지고 있다는 사실을 부정할 수는 없다. 모든 영혼에는 치료하기 어려운 상처가 있다고 물음의 형식으로 말하고 있는 것도 사실이다.

그러나 잘 만들어진 이 질문은 또한 우리 마음을 깊이 매혹하여 그 앞에 멈춰 서 있게 한다. 따라서 그것이 절대의 형식과 위엄을 지니게 되는 것도 사실이다. 이 질문 앞에서는 찬성도 반대도 할 수 없다. 토론할 수도 이의를 제기할 수도 없으며, 심지어는 설명조차 할 수 없다. 이 질문은 그 자체로 하나의 상처가 되고 상처 입은 영혼이 되어 그 자리에 어디까지나 그대로 남아 있는 것이다.

사르트르가 문제 삼은 것은 시의 언어가 지닌 이 절대적인 사물성이었지만, 당시 한국의 시단은 시 언어의 무의미성에 강조점을 두고 이 말을 받아들였다. 중요한 것은 강조점이 달라진 이 말이 우리에게 순수시에 대한 오래된 논쟁, 처음부터 잘못된 길로 빠진 논쟁을 불러일으켰다는 사실이다. 김춘수 시인의 '무의미 시론' 같은 시 쓰기의 방법론도 이와 무관하지 않다.

그에게서는 시는 현실로부터 초탈한 것이어야 하고, 초탈한 시의 언어는 세상의 사물을 지시하고 그 의미에 관여하는 것이 아니라, 사물들의 외곽에 나가 있어야 한다. 그 낱말들은 어찌 보면 들어갈 육체가 없는 혼들과 같다. 시의 실제 바탕인 이미지에 관해서도 그의 생각은 같다. 덧없는 세상사가 '영원한 언어'인 시 속에 끼어드는 것을 두려워한 이 시인은 세상사의 이치와 삶의 이념을 드러내기 위해 사용되는 '비유적 이미지'보다 이미지 그 자체로 독립된 이미지, 다시 말해서 이미지를 위한 이미지인 '서술적 이미지'를 더 좋아했다.

　그러나 그가 정작 목표로 삼았던 것은 비유적 이미지도 서술적 이미지도 아닌, 염불을 외우는 것과 같은, 이미지로부터 해방된 "탈이미지이자 초이미지"인 무의미의 시다. 이 이미지 넘어서기 속에 구원이 있다고, 말하자면 다른 세상이 있다고 그는 생각했다. 그는 한 시론에서 이렇게 썼다.

　"이미지를 지워버릴 것, 이미지의 소멸, …… 이미지와 이미지의 연결이 아니라, 한 이미지가 다른 이미지를 뭉개버리는 일. 그러니까 한 이미지를 다른 이미지로 하여금 소멸해가게 하는 동시에 그 스스로도 다음의 제3의 그것에 의하여 꺼져가야 한다. 그것의 되풀이는 리듬을 낳는다."

　염불은 우리가 알아들을 수 없지만, 그 리듬은 우리의 뇌리에 남는다. 의미가 없기에 알아들을 수 없는 염불이나 다름없는 시도 그 색조와 박자를 우리의 인상에 남긴다.

　김춘수가 지우고 싶은 것은 무엇보다도 관념이며, 깨뜨리고 싶은 것은 무엇보다도 이미지다. 관념은 그의 생각을 과거에 묶어두는 족쇄가 될 것이며, 이미지는 그를 현실에 가둬놓는 감옥이 될 것이기 때문이다.

그가 얻으려는 것은 그 자신이 규정할 수 없는, 의도하지 않았던 어떤 것이다. 규정은 관념을 불러오고 의도는 이미지를 구성하기 마련이다. 마지막으로 얻게 되는 '리듬'은 관념과 이미지가 허물어진 자리이며, 그가 알지 못하는 것이 무의미의 말로 펼쳐지는 자리다. 그래서 그는 이런 시를 쓰게 된다.


남자의 여자의 아랫도리가
젖어 있다.
밤에 보는 오갈피나무,
오갈피나무의 아랫도리가 젖어 있다.
맨발로 바다를 밟고 간 사람은
새가 되었다고 한다.
발바닥만 젖어 있었다고 한다.


「눈물」의 전문이다. 관념은 최대한으로 억압되었고, 이미지에 관해 말한다면 서로 다른 이미지들이 서로 간섭하여 서로서로 파괴해버린 것처럼 보인다. 그렇다고 '리듬'만 남았다고 말하기도 어렵다. 남자와 여자가 지녔을 육체성은 오갈피나무를 거쳐서 새에 도달함으로써 한결 약화된 것이 사실이다. 섹스의 이미지가 명백하게 나타난 '아랫도리'는 발바닥으로 변조되어 그 음란한 성질의 대부분을 날려버린 것도 사실이다. 육체와 물질은 그렇게 정신에 가까워졌다.

그런데 이렇게 분석하고 보면, 시인은 관념과 이미지를 깨뜨렸다기보다 물질과 정신의 해묵은 이원론적 관념 하나를 리듬만이 남아 있을 자리에 앉혀 놓았다는 생각이 든다. 이 인습적인 관념이 규정과 의도를 넘어서서 새로운 것을 불러오기는 어려울 것처럼 보인다. 어쩌면 그 원인은 시인이 이미지를 '뭉개기' 위해 사용하는 이미지의 단자들에서 찾아야 할지도 모르겠다.

아랫도리가 젖은 남녀는 이런저런 애정소설에서도 클림트 같은 화가의 그림에서도 자주 만나게 되는 인물들이다. 다른 나무가 아닌 오갈피나무는 서정주의 「서풍부」 같은 관능적인 시와 관련된다. 맨발로 바다를 밟고 간 사람은 물론 예수다. 새에 관해서는 논의가 불필요하다. 그것들은 어느 것도 현실에서 온 것이 아니다. 그것들은 모두 미학적 전거가 있다. 관념과 이미지를 깨뜨릴 때 먼저 깨뜨려야 할 것은 '작품'인데 시인은 오히려 '예술'을 현실 위에 모시고 있다. 벌써 관념이 된 예술은 무의미 속에 떨어지지 않는다. 다시 말해서 규정과 의도를 넘어선 새로운 것을 불러오지 않는다. 그래서 이 시는 공교롭고 아름답지만 너무 빤하게 드러나는 의도를 감추기는 어렵다.

김춘수 시인의 성공작들은 오히려 무의미의 시론 같은 것을 내세우지 않는 시들, 내세우더라도 의식하지는 않는 시들에서 발견될 수 있을 것이다. 그 예로 시「대지진」의 전반부를 적는다.


한밤에 깨어보니
일만 개의 영산홍이 깨어 있다.
그들 중
일만 개는 피 흘리며
한 밤에 떠 있다.
밤은 갈라지고 혹은 찢어지고
또 다른 일만 개의 영산홍 위에 쓰러진다.
밤은 부러지고 탈장하고
별들은 죽어 있다.
별들은 무덤이지만
영산홍은 일만 개의 밤이다.
깨어 있는 것은 쓰러지고
피 흘리고
한밤에 떠 있다.


시가 무엇을 이야기하는지 쉽게 파악되지 않는다. 그러나 "영산홍"의 자리에 불꽃놀이의 '꽃불'을 대입하면 모든 의문이

한꺼번에 풀린다. 그런데 왜 시인은 시에, 적어도 제목에라도, '꽃불'이라는 말을 넣어주려 하지 않았을까. 그는 꽃불이 꽃불 이상의 것이기를 바랐던 것이다. 그것은 폭발하듯 터져 나온 정신의 어떤 외침일 수도 있고, '대지진'처럼 뜻밖에 일어난 세상의 한 변화일 수도 있다. 그것은 꽃불이면서 꽃불이 아니며, 대지진이면서 또한 꽃불이다. 시에서 무의미란 의미가 없다는 말이 아니라 특정한 의미에 붙잡히지 않는다는 뜻이 되어야 할 것이다.

25

황진이 — 사랑의 완성

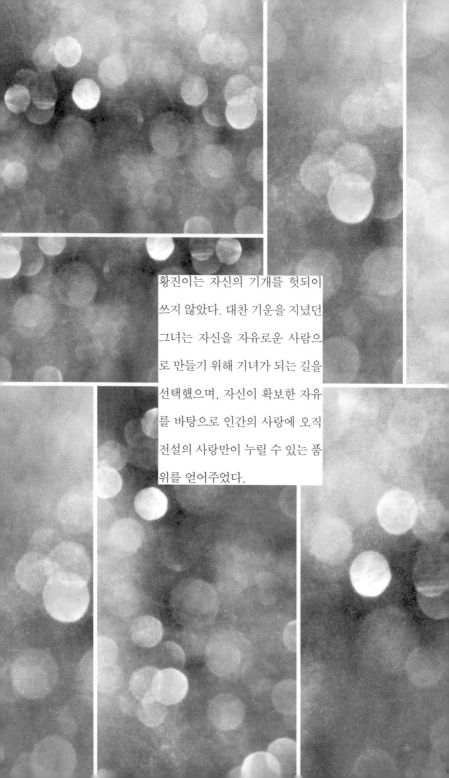

황진이는 자신의 기개를 헛되이 쓰지 않았다. 대찬 기운을 지녔던 그녀는 자신을 자유로운 사람으로 만들기 위해 기녀가 되는 길을 선택했으며, 자신이 확보한 자유를 바탕으로 인간의 사랑에 오직 전설의 사랑만이 누릴 수 있는 품위를 얻어주었다.

황진이가 기생이 된 것은 핏줄에 의해서도 아니고 몸이 팔려서도 아니다. 그녀는 자기 의지에 따라 스스로 기생이 되었다. 조선 중엽의 황진이가 현대의 한국문학을 매혹할 수 있는 것도 그 때문이다.

이태준이 1930년대에 소설『황진이』를 쓴 이후 정한숙, 박종화, 정비석, 안수길, 최인호가 황진이에게 길고 짧은 소설을 바쳤으며, 북쪽의 홍석중, 남쪽의 전경린과 김탁환이 또한 자기 시대의 틀을 깨뜨리고 그 물결을 거슬러 올라갈 만큼 용맹했던 정신과 굳세었던 힘을 한 기녀에게서 찾아내려 했다. 물론 옛사람들이라고 황진이를 가볍게 본 것은 아니었다. 옛사람들도 그 시대의 틀을 뒤흔든 사람이라는 관점에서 황진이의 행적을 전하려 했다. 비록 짧은 글이지만 유몽인의『어우야담』과 허균의『성소부부고』가 모두 황진이의 이야기를 담고 있다는 것은 작게 여길 일이 아니다.

특히 유몽인의『어우야담』중 「진이」 편은 열녀전을 쓰듯 단정한 문체와 어진 선비의 품행을 전하듯 진지한 태도로 이 분방했던 여자의 삶을 이야기한다. 황진이가 화담 선생을 찾아가 글을 배운 일화는 짧지만, 재상집 아들 이생을 움직여 함께 금강산을 유람한 내력은 길다. 남자는 베옷에 삿갓을 쓰고 양식을 짊어졌으며, 여자는 머리에 송낙을 쓰고 갈포 저고리와 베

치마를 입었다. 그들은 금강산의 가장 깊숙한 곳까지 찾아들어 갔다. 황진이는 몸을 팔아서 노자를 보탰고 이생은 경우에 따라 하인 행세를 마다하지 않았다. 승려를 승려로, 유생을 유생으로 상대하며 그렇게 반년을 보낸 후에 해진 옷에 검게 탄 얼굴을 내밀고 그들은 다시 대처로 돌아왔다. 그들의 행적은 우리 시대에 극단적인 자유를 확보하려 했던 히피의 삶과 여러 모로 비슷한 점이 있다.

선전관 이사종과의 관계는 목가적이라면 목가적이고 현대적이라면 현대적이다. 두 사람은 송도의 한 시냇가에서 노래를 인연으로 만났다. 그들은 6년을 기한으로 계약결혼 비슷한 방식의 동거를 했다. 처음 3년 동안은 황진이가 생활비를 마련하여 이사종을 섬기고 그 집안을 돌보았다. 다음 3년은 거꾸로 이사종이 황진이와 그 집안 돌보기를 제가 받은 것과 똑같이 했다. 약속한 기일이 다 되자 황진이는 하직하고 떠났다.

유몽인은 『어우야담』에 황진이의 무덤에 제사를 지냈다가 평양감사에서 파직된 임제의 이야기도 적었다. 그러나 황진이의 시에 관해서는 말하지 않았다. 유몽인이 보기에 황진이는 시를 젖혀놓고 그 행적만 가지고도 붓을 들어 후세에 전해야 할 사람이었다.

허균의 『성소부부고』를 보면, 황진이가 이생을 이끌고 감행한 여행은 금강산 답사로 끝나지 않았던 것 같다. 짚신을 신고 죽장을 짚은 발걸음은 금강산에서 태백산과 지리산을 거쳐 전라도 나주에 이르렀다고 하는데, 어쩌면 이 남행길의 황진이는 홀몸이었을지도 모르겠다.

황진이의 생애에서 가장 매혹적인 일화는 이 나주를 무대로 삼고 있다. 황진이가 나주에 당도했을 때는 고을 원이 절도사와 함께 한참 잔치를 벌이고 있는 중이었다. 풍악이 높고 기생이 좌석에 가득하였다.

그때그때 필요한 경비를 벌어서 여행해야 하는 황진이도 그 잔치판에 끼어들었다. 준비된 의상이나 용모를 가다듬을 여유가 없었으리라. 그녀는 해진 옷에 때 묻은 얼굴로 그 자리에 끼어 앉아서도 부끄러운 기색이 전혀 없었다. 그러고는 제 차례가 오자, 적삼 속에 손을 넣어 태연히 이 한 마리를 잡아 죽이고, 거문고를 무릎에 괴고 노래를 불렀다. 그 모습을 보고 뭇 기생들이 기가 죽었다고 썼지만, 기가 죽은 것은 기생들뿐만이 아니라 양반 관료들도 마찬가지였을 것이다. 그것이 전문가의 긍지와 위엄이다. 이 긍지와 위엄으로 황진이는 자유로울 수 있었으리라.

황진이가 화담 서경덕을 사모하여 그에게서 글을 배운 사연은 30년 면벽했던 지족 선사를 파계하게 만들었다는 이야기와 늘 짝을 이룬다. 그녀가 제 의무에 엄격한 학자 한 사람을 그 길에서 벗어나게 하지는 못했지만, 그에게서 깊은 사랑을 얻어냈던 것만은 분명하다. 그녀가 화담의 띳집에 찾아갈 때는 늘 거문고와 술을 지녔다고 했다. 그녀가 화담과 더불어 술을 마시고 노래하는 시간은 엄격했던 한 학문의 도야가 도달하게 될 이상세계의 삶을 예행하는 시간과 같았을 것이고, 관념의 나무

에 현실의 물을 주는 시간과 같았을 것이다. 그녀가 쓴 시들이
또한 그러하다.


> 동짓달 기나긴 밤을 한 허리를 버혀내여,
> 춘풍 이불 아래 서리서리 넣었다가.
> 어론님 오신 날 밤이어든 굽이굽이 펴리라.


　이 시조에서, 사랑의 시간이 짧음을 한탄하는 한 여인의 애
틋한 정념만을 보려 한다면 부당한 일이다. 황진이는 오히려
사랑이 어떻게 성숙하고 어떻게 진정한 성질을 얻게 되는지 말
하고 있다. "동짓달 기나긴 밤"은 물론 임이 없이 홀로 보내야
하는 시간이다. "춘풍 이불 아래"도 임이 없는 잠자리다. 임은
언제 올지 모른다.

　겨울의 긴 밤과 따뜻함이 준비되는 봄밤은 사실 같은 밤이
다. 똑같이 임이 없다는 점에서만 같은 것이 아니라, 사랑의 터
전이라는 그 본질에서 같다. 긴 겨울밤은 부족함으로 가득한,
하나가 부족하기에 모든 것이 없는 것과 같은, 삭막한 공간일
뿐이다. 황진이가 '베어내는' 것은, 다시 말해서 제 마음 속에
새겨 넣는 것은 이 결여의 감정이다. "춘풍 이불 아래"는 그 결
여에 의해 상처 입은 마음을 다른 것으로 바꾸는 시간이자 공
간이다.

이 결여의 감정으로 제 몸을 그어본 사람만이 자기처럼 고독으로 상처 입었던 사람을 이해하며, 그 결여와 고독을 다른 것으로 바꾸어낼 힘을 누린다. 임을 곧바로 영접해 동짓달 긴 밤에서 베어냈던 시간의 한 고비를 곧바로 펴지 못하는 것은 저 결여의 감정을 다른 감정으로, 즉 사랑으로 바꿀 시간이 필요하기 때문이다. 고독한 시간을 체험했던 사람은 자기 안에 자기만을 위해 마련된 빈 장소가 있다는 것을 안다. 그곳이 한 사람의 말라붙은 마음을 소생시키는 유일한 장소다. 황진이는 "기나긴 밤을 한 허리를 버혀내어" 바로 그 유일한 장소로 가져간다. "춘풍 이불 아래"가 여전히 고독한 장소인 것은 그 때문이다. 그러나 고독한 마음은 벌써 자신의 상처로 다른 상처를 끌어안을 수 있다는 자신감을 준비한다.

"어론님"에 관해서는, 그것이 '어루만진 임' 다시 말해서 '이미 정분을 나눈 임'이라거나 '몸이 얼어 있는 임'이라고 말하는 사람들이 있지만, 단지 임에 대한 경칭일 뿐이라고 생각하는 것도 그 때문이다. 이미 정분을 나눈 임을 위해서라면 그렇게 오랜 준비가 필요하지 않을 것이다. 그것이 사실이라면 시는 속된 해석을 면치 못할 것이다. '몸이 얼어 있는 임'이라는 해석에는 극적인 성격이 있지만, 임을 어쩌다 찾아오는 사람으로만 여긴다는 점에서 마뜩치 않다. 나에게 일어나는 변화가 임에게라도 어찌 없을 것인가. 내가 사랑으로 따뜻해졌다면 임도 사랑으로 따뜻해졌다. 사랑은 시간과 공간을 변화시키고, 그래서 마침내 한 사람을 어른으로 만드는 어떤 특별한 힘이다.

황진이에게는 '영반월詠半月'이라는 한시가 있다.


누가 곤륜산의 옥을 잘라                 誰斷崑山玉

직녀의 빗을 만들어 주었던고               裁成織女梳

견우를 떠나보낸 뒤에                     牽牛離別後

시름하며 푸른 허공에 던져두었네            愁擲碧空虛


시는 하늘의 반달이 원래 곤륜산의 옥으로 빚은 직녀의 빗이
라고 말한다. 직녀는 견우와 이별한 후 그 빗이 부질없는 것이
라 여겨 푸른 허공에 내던져두었다. 반달이 직녀의 빗이라는
생각은 직녀의 전설에는 없는 것으로 황진이의 창안이다. 황진
이는 자신이 창안한 것을 전설 속의 사랑에 바쳐 그 전설을 완
성하고 자신의 사랑을 완성한다. 자신의 사랑을 전설의 차원으
로 끌어올린 것이다. 한 여자의 감정 한 조각이 우주 창조의 설
계를 변화시킨 셈이다. 그것은 황진이가 자신을 대단한 사람이
라고 생각해서가 아니라, 인간의 사랑이라면 누구의 사랑이건
마땅히 대단한 것이 되어야 한다고 생각했기 때문이겠다. 황진
이는 자신의 기개를 헛되이 쓰지 않았다. 대찬 기운을 지녔던
그녀는 자신을 자유로운 사람으로 만들기 위해 기녀가 되는 길
을 선택했으며, 자신이 확보한 자유를 바탕으로 인간의 사랑에
오직 전설의 사랑만이 누릴 수 있는 품위를 얻어주었다.

26

시인의 적토마

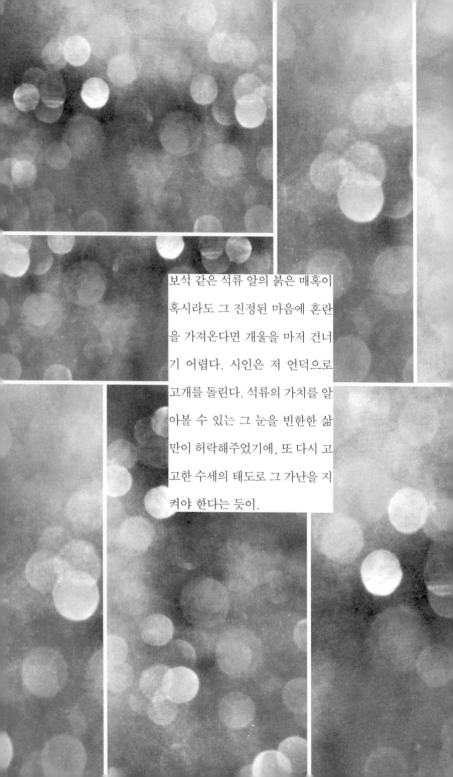

보석 같은 석류 알의 붉은 매혹이
혹시라도 그 진정된 마음에 혼란
을 가져온다면 개울을 마저 건너
기 어렵다. 시인은 저 언덕으로
고개를 돌린다. 석류의 가치를 알
아볼 수 있는 그 눈을 빈한한 삶
만이 허락해주었기에, 또 다시 고
고한 수세의 태도로 그 가난을 지
켜야 한다는 듯이.

가난한 농부 총각이 우렁각시를 만나 행복하게 사는데, 고을의 원님은 턱없이 예쁜 그의 아내를 보고 욕심을 품지 않을 수 없었다. 농부는 말 타기 시합을 받아들여야 했다. 우렁각시는 상심한 신랑을 위로하며 자신의 친정인 용궁에 들어가 말을 빌려오라고 했다. 건장해 보이는 첫 번째 말, 민첩하게 보이는 두 번째 말은 모두 젖혀두고, 비루먹은 세 번째 말을 선택하라고 일렀다.

그렇게 데려온 비루먹은 말은 시합이 다 끝나도록 꾸물거리고만 있어 보는 사람의 애를 태우더니 막판에 이르러서 갑자기 이상한 힘을 발휘하여 원님의 말을 따라잡았다. 원님은 벌을 받고 농부는 원님이 되었다. 저 전설 속의 행복한 시절에는 천지신명이 두 눈을 똑바로 뜨고 살아 있어서 따뜻한 감정으로 인간을 지켜보았던 것이 틀림없다. 아니 차라리 그런 행복한 시절이 없었기에 이런 전설이 만들어졌다고 말해야 할 것이다.

그런데 왜 전설을 만든 사람들은 하필이면 비루먹은 말을 생각해 내었을까? 금도끼 은도끼 쇠도끼 이야기만 해도 그렇다. 정직한 나무꾼은 세 번째 도끼를 선택해서 나머지 두 도끼를 마저 차지했으니 운이 좋았다. 그러나 마침내 받게 될 상이 아무리 크다 하더라도, 우선 급한 것은 눈앞의 현실이다. 왜 착한 사람들은 지금 이 순간 병든 말과 쇠도끼만을 자신의 몫으로 챙

겨야 하는가?

이렇게 묻고 나면 문득 슬픈 생각이 떠오른다. 저 비루먹은 말과 쇠도끼는 자신이 지닌 모든 것을 문학에, 특히 시에 바쳤던 사람들의 청춘에 대한 비유 아닐까. 문학은 모든 것을 약속했다. 가장 찬란한 미래를 약속했다. 하지만 그 모든 것들이 시인들에게 주어질 완벽하고 빛나는 시간은 항상 가뭇한데, 지금 그들에게 허락된 것은 가장 초라하고 누추한 삶이다.

스스로를 적토마의 주인이라고 여긴 자에게는 비루먹은 말을 사랑해야 할 의무밖에 없었으며, 쇠도끼를 정직하게 그러나 실은 마지못해 끌어안을 때만 금도끼에 대한 자신의 믿음을 증언할 수 있었다. 시인들은 빈한할 뿐 아니라 그 궁핍과 자기모멸과 억압된 감정만이 문학과 시의 약속을 믿게 한다. 먹을 입이 없어야만 음식상이 나오고, 들을 귀가 없어야만 신묘한 음악이 연주되는 것과 무엇이 다를까.

문학과 시가 헛된 것이 아니니, 약속은 아마 지켜질 것이다. 낡은 시간이 가고 맑고도 풍요로운 시간이 올 것이다. 그러나 그 시간은 시인들이 기대했던 모습으로 찾아올까? 혹시 그 맑고 풍요로움이 이 누추한 삶의 시간에 감쪽같이 스며들어, 그들이 알아볼 수도 없는 형식으로 찾아오는 것 아닐까? 내내 낯선 손님을 기다렸는데 그 손님은 벌써 왔다 간 것 아닐까? 시인들이 낯선 언어의 권력을 바라며, 가장 무모한 기도가 가장 슬기로운 용기로 찬양받을 날을 기다렸는데, 시인들 먼저 세상의 풍속에 젖어들고 날선 기운이 소진되어 사는 것이 다 그런 것이라고 여기게끔 길이 든 나머지 제 모서리를 제가 다듬지 않을 수 없게 된 어느 날, 그래서 그 낯선 권력이 전혀 쓸모없어지는 어느 날에야 그 시간은 찾아오는 것 아닐까?

우리의 경험은 아마도 그럴 것이라고 말하게 한다. 그렇다면 희망은 어디에 있는 것일까. 아니, 고쳐 묻는다면, 무엇을 희망으로 삼아야 하는 것일까. 서정주의 「석류개문石榴開門」 같은 시가 그 점에서 매우 깊은 진실을 말해줄 것 같다.


공주님 한창 당년 젊었을 때는
객기로 청혼이사 나도 했네만,
너무나 청빈한 선비였던 건
그적에나 이적에나 잘 아시면서
어쩌자고 가을되어 문은 삐걱 여시나?
수두룩한 자네 딸, 잘 여문 딸
상객이나 두루 한 번 가 보라시나?
건넛말 징검다리 밖에 없는 나더러
무얼 타고 신행길을 따라 가라나?


석류가 스스로 팽창된 힘에 못 이겨 문을 여니 그 속에 예쁜 여자 가득하다. 시인들도 다른 사람들과 마찬가지로 옛날에 그런 여자 하나를 사모했다. 아미 높고 당찼던 여자, 아마도 부잣

집 딸이었기 쉽다. 그 여자의 아름다움을 가장 깊이 이해하는 것은 시인들이었기에 그 여자는 바로 시인들의 것이었다. 그러나 가난할 뿐만 아니라 가난한 삶을 자신의 삶으로 선택한 시인들의 초라한 몰골 속에서 그 여자가 제 낭군을 알아보기는 어려웠다. 사실 서정주 시인이 이런 이야기까지야 하려는 것은 아니었겠지만, 시인이 애써 상상했던 것은 언제나 시인의 손에 놓이지 않는다. 그것은 노리개가 되고 상품이 되어 그것과는 가장 인연 없는 사람들의 몫이 된다.

그렇더라도 이제는 그 여인을 어느 골목길에서라도 만나면 자네라고 여유롭게 부를 수 없는 것은 아니겠다. 그쪽 임자도 이쪽 임자도 벌써 삶의 한 고비를 넘겼고, 젊은 날의 슬픔도 마음 깊은 곳으로 가라앉아 반쯤 잊혀졌다. 지금은 나이 들어 딱딱한 석류가 된 그 여인이 옛날 시인에게 닫았던 대문을 스스로 저렇게 열어놓았다. 그 대문 밖으로 젊은 날의 그 여인을 닮은 그녀의 딸들이 저마다 고개를 내민다. 그 아름다움을 알아보는 것은 여전히 시인이지만 그러나 그 딸들은 시인에게 너무나 늦게 찾아온 애인들일 뿐이다.

시인이 몽매에도 바라던 것들은 그 소용이 없어지는 날에나 찾아온다고 해야 할까. 이제 그가 석류알들인 젊은 딸들과 인연을 맺는다 해도 그것은 신랑으로서가 아니리라. 그에게 남은 자리가 있다면 어느 운 좋은 신랑에게 신부를 고이 데려다 주는 상객 정도가 고작이겠다. 시인은 그 자리마저 사양하려 한다. 여전히 가난하여 신행길에 타고 갈 말이 없기 때문이라고 말은 그렇게 한다.

시인이 사양하는 이유가 단지 그뿐인 것은 물론 아니다. 시인은 자기에게 "건넛말 징검다리 밖엔" 없다고 말한다. "건넛말"도 말은 말이지만 타고 갈 수 있는 말은 아니다. 물론 말장난이지만, 이 청빈한 선비에게는 그 강 건너 마을로의 산책길이 욕망의 저쪽 언덕으로 가보는 연습의 길이기도 하겠다. 그 언덕으로 가는 길은 징검다리뿐이라서 자칫 발을 헛디딜 수도 있겠다. 보석 같은 석류 알의 붉은 매혹이 혹시라도 그 진정된 마음에 혼란을 가져온다면 개울을 마저 건너기 어렵다. 시인은 저 언덕으로 고개를 돌린다. 석류의 가치를 알아볼 수 있는 그 눈을 빈한한 삶만이 허락해주었기에, 또 다시 고고한 수세의 태도로 그 가난을 지켜야 한다는 듯이.

또 다른 이유는 없을까. 전혀 다른 이유, 거의 정반대의 이유가 되겠지만, 이것이 진정한 이유일지 모른다. 시인이 저 석류 아가씨의 상객이 된다는 것은 새로 인연을 맺는 일이 아니라 사실 인연의 욕망을 아주 포기하는 일이다. 그것이 싫다. "한창 당년"의 혈기는 사라졌지만, 아니 사라졌기에, 그 감정이 가장 지순하게 남아 있다. 그 감정은 포기될 수 없다. 욕망에 이끌려 다니지 않는다는 것은 그 욕망의 대상 앞에서 목석 같이 되는 것이 아니라, 차라리 그 욕망을 단단히 간직하는 일이리라.

시인은 운이 없다. 그러나 운이 좋은 자는 어디 있는가? 금도끼를 가진 자는 금도끼를 알아보지 못한다. 알아보지 못하는 금도끼는 이미 금도끼가 아니다. 적토마를 지닌 자는 제 적토마를 비루먹은 말로만 여긴다. 알아보지 못하는 적토마는 적토마가 아니다. 그래서 나는 시인들에게 말한다. 그 초라한 쇠도끼를 뽐냄으로써 이 세상 어디에건 찬란한 금도끼가 단단히 숨어 있게 하라고. 언제나처럼 비루먹은 말을 타고 가라고. 모든 적토마들이 지쳤을 때도 그대의 말은 느릿느릿 가던 길을 가리라고. 비루먹은 말은 우리 열정이 들끓던 지난날의 적토마였기에, 또 다른 날의 적토마가 아닐 수 없지 않겠는가.

시 쓰기는 끊임없이 희망하는 방식의 글쓰기다. 다른 말로 하자면, 시가 말하려는 희망은 달성되기 위한 희망이 아니라 희망 그 자체로 남기 위한 희망이다. 희망이 거기 있으니 희망하는 대상이 또한 어딘가에 있다고 믿는 희망이다.

꽃을 희망한다는 것은 꽃을 거기 피게 한 어떤 아름다운 명령에 대한 희망이며, 맑은 물을 희망한다는 것은 물을 그렇게 맑게 한 어떤 순결한 명령에 대한 희망이다. 시를 읽고 쓰는 일은 희망을 단단히 간직하는 일이다.

27

시, 무정한 깃발

산문은 이 세계를 쓸고 닦고 수선
한다. 그렇게 이 세계를 모시고
저 세계로 간다. 그것은 시의 방
법이 아니다. 시가 보기에 쓸고
닦아야 할 삶이 이 세상에는 없
다. 시는 이를 갈고 이 세계를 깨
뜨려 저 세계를 본다. 시가 아름
답다는 것은 무정하다는 것이다.

중학생 시절에 작문 교과서에서 읽었던 이야기로 기억한다. 일제강점기에 한 한국인이 대서양인지 태평양인지 대양을 횡단하는 여객선에 타고 있었다. 그가 선장이 베푸는 특별 만찬에 초대받았다. 식탁에 앉은 손님들 앞에 선장이 일일이 그 출신국가의 작은 국기를 꽂아 주는데, 한국인 앞에 오자 선장은 머뭇거릴 수밖에 없었다. 일본의 국기는 일본을 자기 나라로 인정하지 않는 한국인 승객을 모욕할 것이며, 태극기는 설령 준비되어 있다 하더라도 외교 문제를 야기할 가능성이 있다. 잠시 고심하던 선장은 그 한국인 승객의 식탁에 작은 백기를 꽂았다. 저자가 누구인지도 모르는 그 글을 읽고 어린 나는 울었다.

인간들이 언제부터 기를 만들어 게양하고 깃발을 휘날렸는지에 대해 쓴 글은 읽은 적이 없지만, 그것은 국가가 성립되고 나서도 훨씬 뒤의 일일 것 같다. 건국신화에 국기에 대한 신화가 결합된 예를 찾기 어렵기 때문이다. 단군이나 주몽이, 또는 혁거세가 깃발을 들었다는 이야기는 어디에도 없다. 전쟁이 있는 곳마다 깃발이 나부낀 것은 어제오늘의 일이 아닌데, 적어도 선조들이 나라를 세울 때만큼은 인간들의 화평한 삶을 바랐기 때문이라고 말할 수도 있겠다.

근대세계에서 기는 신호기가 아니라면 도시건 국가건 상단이건 군대건 하나의 인격이 된 집단의 존재를 나타낸다. 깃발은 집단의 정신이고, 그 집단에 속한 인간의 긍지이며, 집단 중에서도 지극히 거대한 집단인 국가에 이르러서는 그 상징적 성격이 더욱 강해진다. 그것은 긍지의 표현이기에 존중되어야 하고, 존중되어야 하기에 싸움의 선두에 자리 잡는다.

인간의 삶이 한 국가에 전적으로 의지하지 않을 수 없던 시대에 국기는 거기 속한 인간집단들이 내거는 삶의 의지와 목표를 그대로 드러낼 수밖에 없었다. 불행하게도 그 목표는 자주 정복과 연결되고, 그 의지는 투쟁의 의지일 때 가장 확실한 것이 된다. 아문센은 '노르웨이 사람으로서' 남극점에 노르웨이의 국기를 세웠으며, 닐 암스트롱은 자신이 달에 딛는 한 걸음이 "인류에게는 거대한 도약"이라고 말하면서도 미국의 국기를 달에 꽂았다. 이럴 때 인간은 정복자가 되기 위해 기를 만든 것처럼 보인다.

올림픽 같은 국제대회에서 운동선수들이 메달을 목에 걸 때도 그들의 머리 위로 그들이 속한 나라의 국기가 올라간다. "더 빨리, 더 높이, 더 힘차게" 생명을 부리려는 그 피나는 훈련의 노력은 오직 국가이념에 대한 충성으로만 가능하다는 듯이. 이럴 때는 인간의 위대함을 다시 확인하려는 이 세계적 행사가 인간을 오히려 어떤 분쟁의 집단에 예속시키는 것처럼 보인다.

깃발이 있는 곳에는 소속이 있다. 연원도 다르고 뜻도 다른 깃발을 세우는 점쟁이들을 제외한다면 사적인 깃발을 세우는 개인을 찾아보기는 쉽지 않다. 그러나 유치환의 「깃발」을 읽다

보면 그 깃발이 어떤 집단의 깃발이 아니라 한 개인의 깃발인 것 같은 생각이 들기도 한다.


　　이것은 소리없는 아우성
　　저 푸른 해원海原을 향하여 흔드는
　　영원한 노스탈쟈의 손수건
　　순정은 물결같이 바람에 나부끼고
　　오로지 맑고 곧은 이념의 푯대 끝에
　　애수는 백로처럼 날개를 펴다
　　아아 누구던가
　　이렇게 슬프고도 애달픈 마음을
　　맨 처음 공중에 달 줄을 안 그는


　이 시가 수록된 『청마시초』는 1939년에 출간되었다. 일본이 중일전쟁을 벌여 북경과 남경을 점령하고, 미국과의 결전을 각오하고 있던 시기다. 그래서 이 시에 영감을 준 깃발이 일본의 일장기였으리라는 생각을 무질러버리기 어렵다. 이 시가 친일시라고 매도하려는 것이 아니라, 차라리 그 반대다. 태극기건 삼색기건 일장기건, 기는 국기이기 전에 기다. 비록 적진의 기라고 하더라도 기는 이루거나 이루지 못할 인간의 한 열정을 저 높은 곳에서 펄럭이며 선동하고 자극한다. 그 깃발이 제 나라의 깃발이 아니라 일본의 깃발이었다는 것이 슬플 뿐이다.

이 시에 특별히 국가 이념의 표현이라고 말해야 할 것은 없다. 시 전체에서 집단을 나타내는 단어는 "아우성" 하나뿐이다. 그것도 "소리없는 아우성"으로 내면화되어 있기에 국수적 프로파간다나 전쟁 구호와는 거리가 멀다. "영원한 노스탤쟈"라는 말은 인간성의 불멸을 말할 뿐만 아니라 인간의 기억 저편에 있는 어떤 순결한 세계에 관해서도 말한다. 그에 대한 "순정"을 기껏해야 "맑고 곧은 이념의 푯대 끝에" 머물게 한 것은 지상의 중력이고, 그것을 세속화한 것은 국가권력이다. 열정은 "슬프고도 애달픈 마음"으로만 남는다.

식민지의 종주국을 포함해서 모든 나라는 이 순정을 증폭시키지만 또한 착취하고 더럽힌다. "순정"을 "애수"로 간직하는 것은 집단의 깃발에서 개인의 깃발을 쟁취하는 한 방식이다. 물론 안타까운 방식이다. 이 안타까움이 시에서 구구절절 맑고 곧고 깨끗하고 아름다운 말들을 과도하게 쓰게 한 것도 사실이다. "저 푸른 해원" "영원한 노스탤쟈" "바람에 나부끼고" "이념의 푯대 끝에"……. 이 아름다운 말들은 열정을 슬픔 속에 녹이고, 이 슬픔은 가다가 돌아선 의지의 알리바이가 된다.

청마보다 약 70년 전에 랭보도 깃발의 시, 그러나 매우 끔찍한 깃발의 시를 썼다. 그의 사후 시집 『일뤼미나숑』에 들어 있는 「야만인」을 우리말로 옮겨 적는다.

나날과 계절들이, 인간들과 나라들이 멀리 사라진 뒤에,

피 흘리는 고깃덩이의 깃발, 북극의 바다와 꽃들로 짠 비단 위로 펼쳐지고;

(바다와 꽃, 그런 것은 실재하지 않는다.)

영웅심을 고취하는 해묵은 팡파르에서 풀려나

— 그 곡조가 아직도 우리의 가슴과 머리를 공격하는구나 —

옛날의 암살자들에게서 멀리 떨어져?

오! 북극의 바다와 꽃들로 짠 비단 위에 피 흘리는 고깃덩이의 깃발:

(바다와 꽃, 그런 것은 실재하지 않는다.)

감미로움이여!

서리의 돌풍 속에 타오르는 숯불들,

— 감미로움이여!—

우리를 위해 영원히 탄화하는 지심地心이 내던지는 다이아몬드의 비바람 속에 쏟아지는 불길.

— 오 세계여!—

(들을 수도, 느낄 수도 있는, 해묵은 은둔지와 해묵은 불길에서 멀리 떨어져,)

타오르는 숯불과 거품. 음악은, 심연의 소용돌이이며 얼음덩이와 별의 충돌.

오 감미로움이여, 오 세계여, 오 음악이여! 그리고 거기, 형태와 땀과 머리카락과 눈동자들, 떠돌고,

— 오 감미로움이여!—

그리고 극지의 화산과 동굴의 밑바닥에 날아든 여자의 음성.
깃발은······.


한 세계가 멸망한 뒤에, 그래서 마치 태고처럼 다른 세계가
시작하는 시점에서 "야만인"은 제 가죽으로 깃발을 만들어 저
푸른 바다를 향해 내건다. 청마 식으로 말한다면, '영원한 노
스탤지어의 핏덩어리 손수건'이다. 시인은 저 "순정"을 착취하
고 세속화한 낡은 문명을 마침내 파괴했지만 완전히 파괴하지
는 못했다. 그 문명 속에서 자란 자기 자신이 남은 것이다. 자
신이 남아 있는 한은 "바다와 꽃"이라고 하는 세계의 본디 얼
굴이 드러날 수 없다.

시인이 자기를 죽여 그 가죽으로 깃발을 만든다는 것은 한
문명이 끝난 자리에서 여전히 그 문명의 잔영에 간섭 받는 자
기 자신을 그와 같이 처단한다는 것이다. "영웅심을 고취하는
해묵은 팡파르", 다시 말해서 인간 정신의 불멸성을 국가주의
의 열광으로 변질시켰던 저 낡은 프로파간다에서 영원히 벗어
나기 위해서는 완벽한 자기희생밖에 다른 방법이 없다. 마침내
"극지의 화산과 동굴의 밑바닥에" 한 "여자의 음성"이 날아들어
낡은 세상이 사라지고 새 세상이 왔다고 말하겠지만, 이미 핏덩
어리 깃발이 되어 있는 시인은 그 복음을 듣지 못할 것이다.

이 절망적인 자기 처단은 한 세계에서 다른 세계로의 진입을
가로막고, 그 두 세계 사이에 온갖 관습의 울타리를 만들었던,

그래서 시인의 순정한 정신을 타락과 무기력 속에서 살게 했던 저 낡은 세상에 대한 복수와 같다.

산문은 이 세계를 쓸고 닦고 수선한다. 그렇게 이 세계를 모시고 저 세계로 간다. 그것은 시의 방법이 아니다. 시가 보기에 쓸고 닦아야 할 삶이 이 세상에는 없다. 시는 이를 갈고 이 세계를 깨뜨려 저 세계를 본다. 시가 아름답다는 것은 무정하다는 것이다.